愛呦文創 愛呦文創
© 《High School Return of A Gangster -1- 黑幫變成高中生》
호롤(horol)◎著、芙蘿拉◎譯、九月紫◎封面繪圖、60◎Q圖繪圖、愛呦文創◎出版

愛呦文創

本文為虛構故事，含一些敏感內容
關心您：再給自己一次機會，勇敢求救並非弱者；
生命線 1995、張老師服務專線 1980、衛福部安心專線 1925

愛吻文創

High School Return of A Gangster

黑幫變成高中生 01

【作者序】

每個存在，都是有意義的

這部作品講述了一位因為沒有受過教育，而感到遺憾的男子進入高中就讀的故事，我覺得這會很有趣。最初只是為了好玩而寫的，描寫了一位年紀較大、有點老派的男子，和年輕的高中生之間的趣事，然而，隨著故事的展開，我越來越關注宋理獻從天橋跳下的情節，這讓我掛念心頭。

當宋理獻從人行天橋墜下時，他已經放棄了所有的希望，但在與駕駛座上的金得八，透過車頭燈的照射，目光相遇的那一刻，他尋求了幫助，他肯定想活下去，也一定很害怕。

金得八無法對弱者和可憐之人視而不見，沒有追究宋理獻造成自己死亡，反而決定為宋理獻復仇。

我希望宋理獻的靈魂，能夠得到一個真心誠意的道歉。

我希望洪在民悔改錯誤的過程，不會被輕忽或曲解，希望這充

滿真誠的過程，能夠給宋理巘的靈魂帶來慰藉。

在創作這個長篇故事的期間，我好像一直希望宋理巘這個角色，像刺般深刻地印在讀者心中不被遺忘。

在金得八的堅韌不拔和崔世暻渴望得到認可的人生之間，那個像白色星星般閃耀的孩子，也並非無意義的存在，但似乎沒能夠完全做到，這讓我感到有些遺憾。

還記得我為了《黑幫變成高中生》這部作品想要傳達的豐富情感，希望讀者能夠讀到最後一頁，將無數個黑夜化為白晝。我一直在思考，如何將一個長篇故事以簡潔而引人入勝的方式呈現，這個問題一直陪伴著我至今。

如果臺灣的讀者們也能陪伴我讀到最後，我會非常高興。

謝謝大家。

目　錄
CONTENT

第一章

那些欺負你的混蛋，
我會好好替你報仇的

金得八，享年四十七歲，他的夢想是上大學。

✿ ✿ ✿

冬日的某一天，下著傾盆大雨。

在一幢有池塘和庭園的韓屋裡，一位準備要考學測的考生燃起了學習的熱情，雖然比其他人年長，但只要有決心，就不會羨慕年輕人的活力。此時，他緊握著鉛筆，努力地解數學題目。

大冬天的，他卻只穿著短袖T恤，當他解數學題目時，隨著他手寫的動作，手臂上的刺青不停地隨之扭動，紋在肌肉上的青龍圖騰像栩栩如生。大峙洞①的家教老師，為了不對視到二頭肌上暴怒的青龍之眼，出了一身冷汗。

家教老師戰戰兢兢地用紅筆改考卷，在劃滿斜線的紙上，改完最後一題之後，立刻整理了數學題本。

「……今天的課就上到這裡，辛苦了。」

「好的，老師您也辛苦了。」

大齡學生金得八禮貌地鞠了躬，合上了《學測數學題本一》。不知道是不是過於認真，題本已經學過的地方，其紙張都髒髒的。

房間很寬敞，金得八跟著小心翼翼收拾包包的老師起身，冷不防說出了自己的煩惱：

「我很擔心數學會考不好。」金得八以身為韓國人而自豪，國文和歷史是他有信心的科

目，反之數學和英文就比較弱，拉低了他的平均成績。

金得八單純只是以學生的立場，吐露了他對成績的擔憂。

但老師的臉色慘白，結結巴巴地說：「那……個，數學本來就是這樣，基礎觀念很重要，就算是適齡學生也很難提高分數。您的學力鑑定考試，成績這樣算是不錯了。啊！我沒有要貶低學力鑑定考試的意思……」

對於因為害怕說出金得八是學力鑑定考試出身，而遭到報復的家教老師急忙找藉口，但金得八並不在意，他推開了糊著窗紙的門，身穿黑西裝的小弟們一字排開站在門的兩側，九十度彎腰鞠躬，這讓老師更加緊張。

「大哥，您上完課了嗎！」當小弟們齊聲大喊，金得八退到一旁讓老師可以走出來。

「老師要離開了，送老師出去吧！」

「是的！知道了！」

金得八以下巴示意老師快走，老師把包包當成救生圈一樣緊緊地抱著。

因為家教費不亞於大峙洞補習街名師的鐘點費，受不了誘惑而接下了家教，但對一輩子都是小市民的老師來說，要在全身都是刀疤、刺青的黑道幫派巢穴裡保持冷靜，是一件很殘酷的事。

注釋① 大峙洞：位於韓國首爾江南區，是江南的住宅區，該地有外界認定品質較好的高中，因此也成為大量補習班的聚集地，大約有一千所補習班，每年能創造近二十億韓元的補習班經濟。

老師就這樣在金得八手下的黑道幫派成員，也就是所謂的小弟們的陪同下離開了（老師覺得他是被拖走的）。

金得八沒有回到房間，而是走到了面向花園的走廊。

手插在褲袋裡，低頭看著花園，金得八的背影顯得孤單。

沒能戰勝十二月寒冬的花園有一點陰鬱，藤樹只剩下光禿禿的樹枝，沉浸於黑暗中的庭院石散發出一種詭異的氛圍，然而，冬日的花園只有在下雪天才能顯現它真正的價值，而不是像今天這樣的雨天。

當白雪堆積在光禿禿的樹枝上時，景色不亞於春天盛開的梅花，蔚為壯觀，大約一個月前的十一月，在金得八參加學測的前一天，突然寒流來襲，下了一場大雪。

學測那天下著雪，小弟們以此為合格的預兆為大哥壯聲勢，但金得八卻考砸了，平均成績七級分[2]，Lucky Seven 在學測成績單上也只是沒有用的迷信。

負責估分的小弟原本還拍馬屁地說，如果那天下雪，閱卷老師會不會打勾打到手抽筋，然而實際上拿到的考卷卻是滿江紅，那時的孤寂感，金得八到死之前也不會忘記。

同時，幫派老大聽到金得八的學測成績後，笑得喘不過氣，沒有人敢笑，但是那個從青少年時期，就開始照顧金得八的老大卻捧腹大笑。老大笑得太厲害，在外面等候的小弟們，都擔心金得八是不是要以下犯上幹掉老大，幸好老大沒事地站了起來。

「不要再考了，放棄吧！準備接我的班。」

不只幫派老大這麼想，小弟們只是不說而已，他們不懂金得八為何準備學測，不接手幫派，如果一輩子都要待在幫派，那考什麼大學。

金得八的手指關節長滿了讓人想起龜殼的老繭，並不適合拿筆，他以拳頭稱霸地區，從行動隊長晉升到龍頭老大的左右手，金得八的英雄傳說，在他拿起書本時光芒褪盡。

然而，金得八想要的英雄傳說並不是逞凶鬥狠。

金得八深深地嘆了一口氣，因為十二月的低溫，呼出的白煙逐漸消散不見，當金得八一從運動褲裡拿出菸盒時，身後待命的小弟像子彈一樣衝了出來，點燃了打火機，恭敬地遞了出去。

「東洙。」

「是，大哥。」

「你是不是也覺得我考不上？」

「不是的！大哥可以考上的！」

金東洙是金得八的直屬部下，很懂社會生活，金得八白天忙幫派的工作，晚上則努力唸書準備學測，身體力行晝耕夜讀。

金東洙從未貶低過金得八的這些努力，他只不過是找了一個看似合理的藉口：「不過，大哥您比較年長，我擔心您上大學之後，同學們會爬到您的頭上，您看看老么他們的樣子就知道了，現在的小孩狡猾又吊兒郎當的，老實說……」

注釋② 七級分：韓國的學測分數是採絕對評價，共分成九個等級。一級分為4%以內，二級分為4%～11%，三級分為11%～23%，四級分為23%～40%，五級分為40%～60%，六級分為60%～77%，七級分為77%～89%，八級分為89%～96%，九等為96%～100%。

金東洙看了一下金得八的眼色，即將邁入五十歲的金得八，現階段需要的不是那個不知道能不能順利畢業的大學入學資格，而是幫派老大的位置。

可以使金得八累積的事業輝煌，幫派的未來繁榮興旺，靠的不是校園附近的大學路，而是後巷的黑暗地帶。

「不是大哥的話，誰來接班啊……」金東洙希望金得八當上龍頭老大。

金得八的存在就像纏繞著三腳架的邊框，讓搖搖欲墜的三腳架變得穩定，如同鋼筋般的存在，性格一點也不酷的金得八並不受注目，但他的存在決定了鬥毆的勝負，認真的他是令手下們團結的關鍵。

是感受到手下的心情了嗎？還是拚了命唸書，卻只考了七級分而感到失望了嗎？

金得八苦笑了起來，「準備車。」

「是！大哥！」

雖然是躲避對話而下達的命令，金東洙還是理所當然地接受了。金東洙底下的小弟站在走廊待命，用雙手遞上了球衣，金得八伸手穿上球衣，步入車庫時，潮濕空氣中混合著灰塵和刺鼻的汽油味，在黑色轎車旁待命的小弟打開了駕駛座車門。

「大哥！慢走。」

金得八一上車，長相凶惡的小弟關上了駕駛座車門，向後退了一步，彎腰行禮。在小弟洪亮的聲音中，車庫的門慢慢地升起。

轎車平穩地往前行，車頭燈照亮了落下的雨水。

天氣預報說會下雪，但是十二月的街道卻下起了大雨。

十字路口的紅綠燈變紅燈，路上的車子停在白線前，金得八駕駛的黑色轎車剛好停在斑馬線前面，他看著正在過馬路的學生們。

他們全都穿著一樣黑色的長版羽絨外套，看起來就像一束海苔飯卷，他們嘻嘻哈哈笑個不停，到最後有兩個人從雨傘中衝了出去，剩下學生們也跟著衝出去，金得八無法移開他的日光。

那是他從未享受過的自由，因為金得八出生於木浦市江村的貧窮家庭，是一堆孩子中的次子。家裡為了供長子上學，不讓金得八去上學，從那個家逃出來之後，來到首爾的金得八別說學校了，連校門口都沒踏進過。

他白天在工廠上班，晚上去喝酒，因為凶惡的長相，經常和他人發生衝突，他出眾的打架能力，引起了當地黑道幫派的注意，就這樣加入了幫派，他的青少年時期也就這樣結束了。

因為黑道幫派做的是非法的勾當，他的作息通常是白天睡覺，晚上工作，上學是他連想都不敢想的事情，金得八放下了一直以來憧憬的學校，專注於黑道幫派的工作。

以為已經放下對學校的憧憬，沒想到過了二十多年的現在，竟然又重新冒出來了。

浪費時間在不可能實現的事情上，不如接手幫派，舒服地過日子，但是金得八被自己渴望踏進校門的想法給困住了，這可不是一般的憧憬。

因為要兼顧幫派工作，不能去地方大學，上學不是為了文憑，但是又討厭上網路大學。這想法連自己都覺得可笑，所以不可能和其他人說，但是金得八想要像一個平凡的二十歲大學生在首爾唸大學，這是一個愚蠢又不自量力的希望。

當紅燈變綠燈，苦笑著的金得八發動了車子，車輪滾動，通過柏油路上積聚的雨水。目的地是首爾郊區一家金得八常常光顧的木屋咖啡館，如果下雨，老闆就會現場彈奏木吉他。

在下雨的日子，坐在窗邊，聽著吉他聲，是金得八一直以來的嗜好，雖然他的拳頭很暴力，但他內心的情感是很細膩的。

離市區越遠，路上的車子就越少，深夜時分，加上惡劣的天氣，沒有人敢在這種時候外出，路上空蕩蕩的。

雨越下越大，路面濕滑，濕漉漉的路面在燈光的照射下，雨水閃閃發亮，因為路況危險，一不小心就可能發生車禍，金得八比平常更小心地駕駛，他的目光銳利地看著前方。

打架時習慣眼觀四面、耳聽八方，開車也不例外，全神貫注觀察路況的金得八，在視野的盡頭看到了一座天橋，同時發現扶著天橋欄杆的人。

「……嗯？」

距離有點遠，看不清楚扶著天橋欄杆的男子的臉，但是他的樣子很可疑，聖誕節前夕，天氣寒冷，男子卻只穿著一件看起來像是睡衣的白色上衣，而且還被雨水淋濕，衣服黏在皮膚上。他靠在天橋欄杆向下看的姿勢感覺很危險。

轉眼間，開著車的金得八，緊盯著天橋而不是道路，他擰起粗眉，瞇著眼想弄清是不

是自己看錯了。隨著距離逐漸拉近，確認天橋欄杆上的那個人是個少年的瞬間，他就踩上了欄杆。

天橋下，一輛大卡車從金得八對面的道路駛來。

卡車司機沒有減速，好像沒有發現天橋上的少年，金得八按了汽車喇叭，然而，不知道是不是因為雨聲，所以聽不到路上的喇叭聲。卡車繼續往天橋駛去時，少年在雨中成功翻過欄杆。

懸掛在欄杆外側的少年低頭一看，蜷縮了身子，站在欄杆外的狹窄縫隙非常危險。

「喂！」當天橋越來越近，金得八瘋狂地按著喇叭，但是大雨淹沒了所有的聲音。

懸掛在欄杆上的少年鬆開了一隻手，身體斜向一邊，少年因為強風暴雨左右搖晃，只靠一隻手扶著被雨淋得濕滑的欄杆，根本不足以支撐他的身體。

就在他墜落之前，根本沒時間停車阻止天橋上的少年，大卡車越來越近了，卡車司機還是沒看見懸掛在天橋上的少年，天橋並沒有很高，就算墜落，運氣好的話還是可能活下來，但是如果撞到卡車，必死無疑。

一想到這裡，金得八毫不猶豫地轉動了方向盤。一輛黑色轎車，濺起水花，轉換了方向，駛入了旁邊的車道，迎面而來的卡車車燈非常刺眼，把黑色轎車車內照得通亮。

叭叭叭！

卡車司機因此狂按喇叭。

金得八計劃讓卡車停下來並不是要引發車禍，所以沒有減速，而是大力轉動了方向盤，開著車的他，目光突然閃過銳利的光芒，黑色轎車以毫釐之差避開了卡車，滑到了人行道上。

計劃似乎成功了，然而，就算他是黑道幫派大哥金得八，還是無法控制傾盆大雨和濕滑的道路。

卡車司機雖然踩了煞車，但大卡車在濕滑的路面上打滑，金得八駕駛的黑色轎車也不停地打轉。

金得八踩了煞車減速，但是車子失控地在雨中打滑，衝向那臺大卡車。

卡車司機和金得八四目相接，受到驚嚇的司機愣住了，無法做出任何反應，兩輛車的輪胎與路面失去了摩擦力，往前方打滑，雙方的車頭燈射出的光線強烈地擴散，暴雨瞬間飛濺成了白沫。

撞上了。

金得八沒有避開那令人目眩的光芒。在感到窒息的緊急情況下，他尋找活命的方法，於是用力轉動方向盤，轉向齒輪還因此出現裂痕。

在方向盤打到底的同時，金得八看到從天橋墜落的少年，有著一雙淺棕色的眼睛。

少年從大卡車上滾下來，掉落在黑色轎車的引擎蓋上。

少年在耀眼的光芒中墜落的剎那，時間慢慢地流逝，他朝天空伸出的手似乎想要抓住什麼，但浮在空中的蒼白的腳凸顯了他的無力。被雨水浸濕的髮絲，一縷縷呈束狀緩緩地飄動，少年的側臉在強光的照射下，線條變得模糊，望著天空的瞳孔緩緩轉動，用眼角濕潤的棕色眼睛注視著金得八。

金得八無法把目光從他試圖想拯救的少年身上移開，他不知道少年的名字，也忘了自己正在做什麼，只是注視著那雙棕色的眼睛。

雨刷擦拭了車窗，黑色的桿子打破了兩人的視線，時間如同被釋放的枷鎖找回了自己的速度，瞬間少年就墜落了。

砰——

巨大的衝擊讓黑色轎子搖晃起來，金得八受到衝擊，身體前後彈跳，往前撞到玻璃後，被安全帶拉回的金得八頭部流著血，視線變得越來越遠，他拚命尋找那個少年。

少年掉落在引擎蓋的正中央，引擎蓋就像是一張皺巴巴的紙，斷了一半的車頭燈發出的光照亮了少年的指尖，然而少年伸出的手指完全沒動。

——還活著嗎？

——希望他能活下來，他年紀還那麼小……

金得八勉強維持著逐漸模糊的意識，很快就失去了知覺，他的身體往前倒，無力地掛在安全帶上，從駕駛座流出的鮮血和雨水混合在一起。

在下著暴雨的事故現場，只有車輛警報猛烈地響起。

❧ ❧ ❧

如果要坦白說出不能告訴別人的真相的話，金得八其實憧憬的不是「大學」，而是「大學畢業後的生活」。

一般人平凡的生活，唸大學、大學畢業、上班、結婚生子、變老，但是金得八能做的只有幫派工作，去公司上班或是結婚都還是個問號。

有些同事和部下遇到好女人，離開幫派後結婚了，但是這樣的運氣並沒有降臨到金得八身上，就算遇到了瘋女人，沒有學歷的金得八，離開幫派也沒有幾樣工作可做，要發揮他的作用，留在幫派裡是最好的。

上大學不過是金得八憧憬的一部分，而且這是四十多歲的金得八，唯一能靠自己完成的事。

——想要唸大學，想要體驗那個我放棄的生活，哪怕不是一年，只有一個月也好，那我就算是死了也沒有遺憾。

都快要死了，說遺憾有什麼用。

金得八很確信自己會死。

在占地盤的時候，被刺傷或重傷是常有的事，金得八從經驗中得知，在不知道是否獲救的情況下，昏迷又流血不止是很難活下來的。

那麼從天橋墜落的少年怎麼了呢？

從天橋往下俯視的那張臉像個高中生，看起來很年輕，如果金得八在適婚年齡結婚生子，小孩的年齡大概也會和那個少年差不多，一個都可以當他孩子的少年，打算從天橋上跳下來，就算再遇到相同情況，金得八還是一樣會轉動方向盤。

都快要死了，想這一切又有什麼用呢？

隱約的低吟聲是死者們所凝聚的怨憤，異常輕盈的身體被認為是靈魂的重量，金得八雖然外表粗獷，但情感很豐富，對於迷信抱著寧可信其有，不可信其無的態度。

雖然沒有認真思考過死亡這件事，但此時有種舒適感支配了金得八，如果就這樣死了也未必不好，雖然不想死，但同時又很期待，希望下輩子可以去上學，過一個平凡的人生。金得八以為會因為生前幹的那些非法勾當而下地獄，但似乎並非如此，他躺在那裡，感覺自己身上覆蓋了一層白色薄膜。

一般連續劇中在描繪天堂時會出現的光芒，滲入了眼簾，現在只要等待從天而降通往天堂的階梯就可以了嗎？

自己的生命即將畫上句點，金得八心裡充滿了奇怪的無力感，等待著垂降在自己面前的天梯。

然而，人生從來都不容易。

微弱的呢喃聲越來越大，很快就打破了等待天堂的安寧。

「……你這個混蛋！殺了人連人影也不見！出來，混蛋！給我出來謝罪求饒！」

「媽的，把他拖出來！別等了！得把那個混蛋拖到大哥面前謝罪！」

聽到熟悉的聲音，金得八有種似曾相識的感覺，這種粗魯的語氣他很常聽，只是聽著就能想像塊頭跟熊差不多的部下，一臉凶惡皺著眉毛的樣子。

這年頭的幫派分子都假裝斯文，不會擺出一副混黑社會的樣子，如果接到集合電話，會穿上西裝，揮舞著說要買來送給侄子的棒球棍幹架，如果分出勝負或是警察到場，就混進人群裡躲避，也會模仿斯文的菁英，透過智慧犯罪來敲詐勒索他人。

所以金得八再三警告，不要把事情鬧大，盡量安靜行事，當公權力介入黑道幫派事務時是最麻煩的，不要引發關注，不然努力扮演一個普通人就沒有意義了，但是憤怒的部下們沒法控制住脾氣，還是引起了騷動。

非常講義氣的金得八，無法拋棄那些被警察抓走的部下，因為沒辦法像老大那樣讓他們在監獄中腐爛，金得八會偷偷地把部下們從拘留所弄出來，除了香菸之外，他最常買的東西就是豆腐③。

「殺了人還敢呼呼大睡！你這個混蛋！你睡得著嗎？因為你，大哥他……」

「媽的，讓開！兄弟們，抄傢伙！」

當意識到這一點後，騷動已失去控制，先是飆罵髒話，最後好像還扭打了起來，搞得門嘎嘎作響，完全讓人無法忽視。這幾年以來小弟們都做得不錯，沒引起什麼大騷動，但是現在那些笨蛋，竟然在警察快到場前忘了這個警告，讓金得八很是惱怒。

金得八厭倦用骯髒的伎倆和賄賂的方式，把部下們從監獄弄出來，他站了起來，按著隱隱作痛的太陽穴，還沒能感受到床的彈性就下了床。

因事故失去意識只能躺在床上的身體，在手術後麻醉未退的狀態下，意識有點模糊，感覺變遲鈍了。金得八還沒有發現哪裡出錯了，腳踩在乾燥瓷磚上的觸感很陌生，拔掉很礙事的點滴針頭，移動了腳步。

「病患還沒醒來！你們在這裡抗議也沒有用的！」

「你們這群混蛋把他藏起來了，以為我會不知道嗎？讓開！沒親眼看見那傢伙，我是不會走的！」

「打電話叫警察！」

「我們有拿刀嗎？打人了嗎？只是要帶走那個傢伙而已！」

「裡面的病患需要休息！」

吱嘰。

金得八拖著沉重的步伐，終於推開了拉門，因為突然出現一個人，騷動瞬間停止了。一直阻止黑社會分子闖入的醫護人員，趁他們呆掉的時候轉身一看，嚇了一跳，發現金得八靠在門框上時面帶喜色。

「病患，您醒了！」

金得八打算斥責自己的小弟，因為他而冒犯手無縛雞之力的普通人，尤其對率領小弟們來這裡的金東洙最感到失望。當自己不在的時候，應該要管教小弟們的傢伙，反而煽動騷亂，一股因失望而產生的不悅感油然而生。

金得八抬起下巴，露出制伏對手後一貫的表情，因為金得八比一般人還要高，才能做到以冷眼帶著輕蔑的目光看人，他本來想低頭看著金東洙，要冷冷地斥責他，但卻只能看到金東洙的衣領邊緣，有點奇怪。

「讓開！」

更糟的是，金東洙抓住了他的衣領，被本來對自己畢恭畢敬的部下抓著衣領拖走，金得八心想這傢伙瘋了。因為太過驚慌，手沒能掙脫，他沒有辦法，只能像個紙娃娃一樣跌

注釋③　豆腐：韓國出獄會吃豆腐，韓國人認為豆腐可以避邪去霉氣。因豆腐的營養價值高且價格低廉，所以家人會準備豆腐給出獄的人迅速補充營養。而豆腐雪白、方正的樣子，也寓含著將過往的罪孽洗淨，迎向「乾淨且清白」的生活。

跌撞撞地被拖著走，赤腳撞在地板上，腳拇指的指甲被折斷了。

「病患！」醫護人員試著阻止金得八被拖走，但是其他身穿黑色西裝的黑社會分子，肩並肩地用身體設置了路障，穿著白色工作服的醫護人員，把手搭在他們肩上大聲呼喊。

金得八試圖鬆開抓著衣領的手，雖然被大力拖行，沒辦法正常行走，踩空了好幾次，但他還是抓住了金東洙的手臂，並且終於察覺到異樣。

手指很纖細。

不是長滿繭、結疤的手背，手指也沒有關節粗大、關節凸出，金得八發現緊緊抓住金東洙手臂的手又白又細，皮膚很薄，手背上的血管清晰可見，隨著手指移動，骨頭顯得突出，完全沒有長繭的手，光是這樣就足以讓人聯想到手的主人過著怎樣的生活。

至少他不是混黑社會的。

「幹。」

在低沉的咒罵聲中，金得八忽然回過神來，幾乎要擱在金東洙手臂上的手，無力地掉了下來。

金東洙停在電梯前，當他緊張地按下按鈕時，金得八得以在拋光的不銹鋼門板中看到自己的倒影。

有一個陌生的少年站在那裡。

一個外表看起來弱不禁風，和金得八沒有半點關係的少年，不過，他認識這個少年。

金得八把手伸向電梯，鏡面不鏽鋼裡的少年也向金得八伸出了手。

「過來。」當大廳的電梯樓層緩緩上升時，等不及的金東洙拉著少年的衣領，從電梯

旁的緊急出口走了下去。

幸好金得八被金東洙抓住了衣領才沒有跌倒，就這樣又被拖走了，這個少年骨瘦如柴，沒什麼肌肉，手術後剛清醒過來，四肢沒有力氣。

金東洙不管少年一直腳軟，就這樣拖著他下樓。

穿著病患服，光著腳下樓梯，腳上因為沾滿了灰塵變得很黑，因為無法正常走樓梯，腳跟踩到了邊緣打滑，腳背被樓梯邊緣割傷流了血，然而，疼痛不過是金得八確認身體的一種感覺。

劇烈疼痛、呼吸困難、視力模糊，這些都是本來擁有強壯身體的金得八不曾有過的經驗，但這卻是他現在的狀態。

——為什麼電梯門上會照映出天橋上的那個少年呢？

——為什麼我會這麼喘？

——因為我現在的樣子看起來像個少年，所以金東洙才抓住了我的衣領嗎？

——那麼……真正的我呢？金得八呢？

金得八覺得不能再這樣被拉走，於是抓住了欄杆，坐在連結欄杆把手的階梯上，緊握著欄杆不放，這樣才能阻止被金東洙拖走。

金東洙的眼睛布滿了血絲，他盯著少年圓圓的頭頂，用穿著皮鞋的腳踢少年的手腕，強迫他鬆開欄杆，然後抓住他的衣領，把他推到牆上。

啪！

金得八因為那從背部穿透上半身的痛感而張開了嘴，金東洙用手臂按住少年的鎖骨附近，然後將頭靠近，近到可以看到他眼角乾掉的淚痕。

這個時候，金得八才看到了他從來沒有見過的東西。

金東洙面色憔悴，眼下有黑眼圈，穿著黑色西裝，並繫著黑色領帶，服裝有點被弄亂了，金得八隱約明白金東洙聚眾引起騷動的理由了。

「咳……」

「你這個混蛋。」因為不是金得八，金東洙毫不留情地掐住了少年的脖子，「聽說你從天橋跳下來，所以才會發生車禍，有人因為你死掉了，你連個影子也不見，你還是人嗎？為了救你這個混蛋，大哥他……」

金東洙抓著衣領的手顫抖著，皺著布滿血絲的雙眼，緊握拳頭，滿懷怨恨、悲傷和憤怒的金東洙，對著少年模樣的金得八拳打腳踢。

然而，擊出的拳頭擦過少年的臉頰，掠過耳下的頭髮捶打到牆壁，那有點破皮的拳頭滑落，金東洙慢慢倒下了。

「嗚……嗚嗚……」

當他跪在地上時，背部微微顫抖，很快他就開始抽泣起來。低頭看著像個孩子一樣哭泣的金東洙，少年模樣的金得八也從牆上滑下來坐下。

「大哥……嗚嗚……」

哭聲在高樓的樓梯間上下迴盪，金得八盤起消瘦的腿坐在牆壁和金東洙之間的狹窄縫隙，然後舉起了手。

瘦骨嶙峋的手腕微微顫抖，但金得八卻按照自己的意志握了拳頭。

不管重複多少次，現實都沒有改變。

那隻如同木柴般瘦弱無力的手，現在是金得八的手。

殯儀館在同醫院大樓的地下室，靈堂裡擺滿了菊花花圈，弔唁者送的花圈多到連外面走廊也擺了長長一排。金得八加入幫派後，就和原生家庭斷了聯繫，所有沒有親屬參加葬禮，但是他的人生過得不算太差，因為葬禮上來了很多弔唁者。

他們全都是黑社會分子，個個長得凶惡又冷酷，不同地區的幫派派系，甚至連敵對幫派的人都前來弔唁，把很難聚在一起的各派系全都聚集在一起，只要見面就是明爭暗鬥，但是今天大家都安靜地舉杯喝酒悼念金得八。

即是已經是葬禮的第二天，但靈堂的氣氛卻和第一天一樣壓抑。

不過，一個穿著病患服的少年被拖進來時，悲痛的氣氛瞬間被顛覆了。

「是那個混蛋！那個該死的混蛋！」

一個塊頭和熊不相上下的幫派分子撞上桌子要跑過去，但是被其他幫派的人給抓住了，不過他們不是為了少年，而是為了不在葬禮上引起騷動，所以緊盯著少年的目光並不友善。

幫派分子們湧了上來，把金得八拯救的少年包圍起來。

少年的狀態很糟，外表很不起眼，一臉陰鬱，身材消瘦，駝背加上肩膀捲縮，眼睛直盯著地板，長長的瀏海遮住了大半張臉。

少年和堅強的金得八完全相反，幫派兄弟們一想到金得八竟然為了救這種人而送命就忿忿不平。

金東洙把少年推到了靈堂遺照的前面，少年尷尬地站在獻花臺前，只是盯著金得八的遺照，這時金東洙用腳踢了少年的膝窩，少年深吸了一口氣，跪倒在地，聲音大到連地板都發出聲響。

跪在地上的少年抬起頭，看著金得八的遺照，就像被釘住了一樣盯著，少年還沒回神，一臉茫然地抬頭看著遺照，周圍的人飆罵了起來。

金東洙冷聲斥責：「求饒吧！」

「我叫你求饒，你這個該死的混蛋，為了救像你這樣的傢伙，大哥他……」

「大哥為了救你這個混蛋出了車禍！他媽的，你這小子和父母竟然連影子都不見？」

但是，少年的目光無法從遺照上移開，彷彿什麼也聽不到，失了神的少年不自覺地張大了嘴，在他流下口水之前突然站了起來。

「屍體，我得……親眼看到……」少年低聲嘀咕著，衝向了擺滿鮮花的祭祀臺。

身體瘦弱的他不知哪來的力氣，瞬間往前方跑，幫派兄弟們急忙喊道：「抓住他！」

少年爬上香爐，拿下遺照，撥掉菊花，把指甲插進木頭相框的縫隙，屍體只會放置在停屍間，少年已經絕望到無法正常思考，最後，他被黑幫分子們抓住並拖了下來。

「這個混蛋，不知感恩，還侮辱死者！」

幫派成員們將少年的背壓在地板上，制服了他，好幾個體型魁梧的成員壓在他身上，

但是少年像是發了瘋地朝著以為可以見到屍體的祭祀臺爬去，不過，當他背後傳來抽泣聲時，很神奇地少年就停止了掙扎。

「大哥死了，他死了，大哥……」

他們都是金得八親自培養的部下，不會開這種低級玩笑，也不會那麼容易哭泣。

少年體內的金得八，低頭看著被扔在地板上的遺照，無法再否認了。

他的直覺是對的，金得八死了。

下雨那天為了阻止少年自殺，在車道上緊急轉彎時發生車禍，因為失血過多而死。存活下來的靈魂，終於接受了肉體的死亡。

❧ ❧ ❧

姓名宋理巘，性別男，年齡十八歲，血型A型。

這些是金得八目前知道的所有關於少年的資訊，也是他從掛在病床上的個人資訊表中知道的。

宋理巘很奇怪。

他住在舒適的單人病房裡，幾天前被帶到金得八的靈堂時，醫院保全拿著棍棒來找宋理巘，而且從醫生們對宋理巘特別友善這點來看，他並不是沒有監護人，但實際上沒有人來探病，因此金得八才沒有受到任何懷疑。

「呃……」金得八輾轉反側，背部突然傳來一陣麻木的疼痛，他緊咬嘴唇，按下了點滴注射止痛劑的按鈕。

宋理巘從天橋墜落後，造成背部撕裂傷口、肋骨骨折，手術後打了石膏，金得八剛意識到自己附身在這個身體裡時，茫然不知所措，在保全的攙扶之下搭了電梯，但手術完的後遺症襲來，他突然就暈倒了。

醒來的時候還是掛著點滴，身體仍然是宋理巘的身體。

當疼痛一消退，他就拿起了伸手可及的一面鏡子，金得八嘖嘖稱奇，對著圓鏡中映出的長相評頭論足，這張臉還是不大習慣。

「嘖，這小子長得白白淨淨的。」

正如金得八所言，把遮住眼睛的長瀏海往後梳，露出的素顏顯得蒼白，眼珠是淺棕色，頭髮也是棕色，從這些來看，他皮膚白是因為體內缺乏色素，但這和金得八沒有關係，自古以來，男人如果有古銅色的皮膚、棱角分明的下半身、厚實的肌肉，就被認為是英俊的，但像宋理巘瘦到讓人起雞皮疙瘩，以及這樣的五官就讓金得八不喜歡。

「天啊！這樣能養活妻小嗎？」金得八沒意識到這是自己的身體，他左右轉動著修長的下巴，像是在看別人一樣口裡嘖嘖。

金得八自覺地仔細觀察宋理巘的外貌，但他的心思卻都放在時鐘上，今天金得八出殯，這個時間遺體即將火化。

雖然已經確認自己死亡的事實，但是金得八還是無法超然地接受自己的遺體正在被火化的事。此時，不知道宋理巘的靈魂發生了什麼事，如果沒有肉體可以進入，那麼以後宋理巘的靈魂就很難回來。

良心上不允許自己無恥地占據宋理獻年輕的身體。

——我必須將身體還給宋理獻的靈魂，那麼我的靈魂，是否就得在九重天徘徊，無法投胎呢？

金得八絞盡腦汁思考，沒有聽到病房門打開的聲音。

突然傳來一陣刺鼻的氣味，他抬頭一看，是位中年婦女，雙手抱胸，眼裡毫不掩飾地露出厭煩的表情。

女人一直用蔑視的目光盯著金得八。他不悅地皺起眉頭，這時女人開口道：「現在連招呼都不打了呀。」

這時金得八心想糟糕了，這才扶著石膏站了起來，斷掉的肋骨傳來一種不尋常的疼痛，只能無視，把背彎成了九十度。

「您好。」

他覺得最難打交道的是女性，特別是和他年齡相仿的女人，雖然很難，但她好像是宋理獻的母親，金得八繃緊神經。

金得八的禮儀在別的地方也是比照幫派嚴格的輩分制，但問題是這是宋理獻的身體，以宋理獻這個樣子得到幫派的禮遇，只會引起反彈。

中年婦女抽動眉頭，「你這是在抗議嗎？」

金得八被那如同頂上飛刀般的諷刺給嚇了一跳，這個女人完全不體諒宋理獻，頂著受傷的身體會不會太過勉強，劈頭就開口罵人。

「不管是你還是你媽，是跟我有仇嗎？你們倆為什麼都要折磨我？大半夜的……是你媽指使的嗎？這件事如果傳到會長耳裡，會長會來看你們嗎？想要受到關注才做出這種事情嗎？」

中年婦女不是宋理獻的母親，她一直貶低宋理獻母子，應該也不是親戚，而且一直會長會長的喊，很有可能是會長聘用的人。

猜到這裡，金得八挺直了背，因為不明就裡，所以無話可說，但他心中有數至少還不是有害的關係。

「收拾你媽的爛攤子，就快煩死了，為什麼現在連你也這樣？有什麼問題？你這個孩子真的是一無是處。」

在宋理獻挺直背脊時，說話尖酸刻薄的女人渾身僵硬，皺起了眉頭。

宋理獻平時走路都是彎腰駝背的，所以他和女人的視線在同一水平線上，但宋理獻的身高比女人還高，當他站直的時候，可以俯視女人。

「你、你……」那個只要狠狠責備就會畏縮的傢伙，竟然低頭看著她，女人覺得不可思議。但是，本來給人一種陰鬱且不修邊幅的長瀏海，現在被撥到一邊，露出了如同貴公子般的五官。

冷眼看著她的宋理獻，讓她無法再像之前那樣放聲大罵了，年輕的宋理獻身上，流露出幫派資歷三十年的金得八獨有的氣派。

「怎麼能這樣冷眼看長輩，沒有禮貌……」

不過，女人隨便對待宋理獻的習慣，似乎沒有那麼容易改變，一邊嘀咕著，一邊瞪著宋理獻，彷彿要殺了他，但隨後又緊咬嘴唇，因為她自己的聲音顫抖得像山羊般咩咩叫，

讓她感到很尷尬。

「我會派朴司機接你出院，剩下的自己看著辦。」

女人把揹來的肩背包丟到宋理獻的胸前，宋理獻因為衝擊皺起了眉頭，她嚇到後退了一步，一轉身就大步離開了病房，為了維持最後的自尊心，砰地一聲關上了門。

「……這老婆子脾氣真暴躁。」留下來的金得八搔著後腦杓不停嘀咕。

她是事故發生幾天內唯一來看宋理獻的人，但他完全不想跟她相處，如果一輩子都被這樣的女人折磨，反而能夠理解宋理獻，為什麼會從天橋跳下去。

金得八因為肋骨的輕微疼痛而皺起眉頭，在床上打開了女人扔給他的肩背包。肩背包砸到身體的重量，讓人以為很重，但裡面除了內衣和盥洗用品之外，只有幾本學測題本和平板電腦。

「喔。」

金得八因為智慧型手機在車禍時壞掉，而感到沮喪，但當他發現平板後，馬上拿了起來。雖然他上過大峙洞知名老師的家教課，但是為了跟上時代的變化，還是得學習，所以平板他是透過線上課程學會的。

雖然四十七歲高齡要學習新事物有難度，但多虧部下們的教導，相同的內容反覆了幾百遍也沒有不滿，以他們的父母都沒有領教過的耐心教會金得八。

金得八自信滿滿地打開了平板，一打開保護蓋，螢幕就亮了起來。

「嗯。」

品牌和之前使用過的平板一樣，操作上應該沒有問題，但卻遇到了解鎖螢幕這個難關，金得八猶豫地隨便按了數字，但在收到錯誤警告後，他就無法輕易地再嘗試了，害怕又按錯密碼，導致平板完全無法解鎖，和解鎖畫面進行了沒有期限的對峙。

隨著時間無情地流逝，金得八煩躁地往後撥了前額的瀏海，長長的瀏海飛了起來又忽然落下，有一半的臉都被瀏海遮住了。

「……呃？」一瞬間，金得八為了看清楚撩起了瀏海，眨了眨眼。

「怎麼會這樣？」液晶螢幕鎖定畫面解鎖了，發愣地看著螢幕的時候，螢幕再次暗了下來，進入了鎖定畫面，金得八心想說不定是這樣，於是用瀏海遮住了臉，Face ID 解鎖，跳出了平板桌布畫面。

「什麼呀！又不是雙面人。」掌握解鎖方法之後，金得八感到失落地嘟囔著，然後打開了平板。

平板電腦的桌面很乾淨，只有少數幾個應用程式，安裝的都是這個年齡的孩子們會玩的遊戲、漫畫之類的普通應用程式，其中最引人注目的是日記 APP。

「因為是日記才上鎖的啊……」

他拉出了醫院病床上的一體成形的桌子，靠著手肘打開了日記 APP，找個舒適的姿勢坐下後，開始認真地閱讀。

今天是十二月二十七日，天橋事故發生後已經過了幾天，日記為了讓人容易接續著寫，一打開來就是最近十二月二十日寫的內容。

12月20日

我不懂為什麼會變成這樣，單純喜歡一個人有錯嗎？我又不像洪在民那樣搶別人的錢，也沒有打人，為什麼大家要這樣對我？我沒對他們做過什麼壞事，但他們不躲洪在民，卻躲我。

全校學生好像都在說我的事情，一看到我就竊竊私語。我好害怕，真希望我的心跳就這樣停止。我不想再去學校了。我想逃離這裡，我不想再待在這裡了。我不想活了，好煩哦，我想結束生命。不明白為什麼我還要活著。

12月11日

我扔掉了 Chupa Chups 糖果。

12月9日

我一進廁所，他們就出來，說著不想和同性戀共用廁所，還說我只要看到他們的雞雞就會勃起。我不認識他們，但他們卻知道我是同性戀。

讀著日記的金得八感到喉嚨有點不舒服，於是咳了一下，清了清喉嚨，暫時在空中游走的手指，將螢幕畫面往旁邊滑動，因快速滑動而留下殘相，最後畫面停留在第一篇日記，今年的三月十四日。

3月14日

世暻給了我糖果。在學生會舉辦的一個白色情人節活動上，我收到了世暻給我的糖果。是 Chupa Chups 草莓口味的糖果。因為想要記住，所以寫了日記。

3月21日

高二和洪在民同班，心想完蛋了，但沒想到我的座位可以看到世暻他們班的狀況。在換座位之前，只要轉頭就能看見坐在對面窗邊的世暻，托著下巴笑著的世暻。

3月30日

漂亮、長得帥、善良、常面帶笑容、聲音很好聽、個子高、功課好、身上散發香味、很公正。

世暻，崔世暻。

我想這樣叫你。

世暻。

4月9日

世暻知道我這個人嗎？希望你能叫一聲我的名字。我想跟你考上同一間大學，如果是冷門科系，吊車尾應該能和世暻上同一間大學吧？

4月13日

祕書發現我藏起來的模擬考成績單了。因為成績不好被罵了一頓。級分提升了，世暻也說三月的模擬考很難。祕書一點也不關心我，但只要找到可以罵我的事，就絕對不放過我。拜託，不要這樣對我，我也很厭煩。因為我媽和我而覺得很累的話，那就滾吧。

拜託，不要再給媽媽酒了。

4月26日

我知道媽媽為什麼會依賴會長了。

就像我喜歡世暻一樣，媽媽也喜歡會長，第一次不討厭媽媽只想要會長。我也是在暗地裡一直偷窺世暻。

5月2日

等待世暻獨自一個人的時機，因為想跟他說話，不過他身邊總是圍繞著一群朋友。但是，現在想想，沒跟他說話反而更好。和我變得親近，只會拉低世暻的級別。

5月15日

星期日，週末。我想離開這個家。

6月3日

被洪在民勒索錢的時候，被世暻發現了。好丟臉。我忘不了那個尷尬地微笑的臉。我看起來有多可悲？因為世暻阻止了，錢沒有被搶走，但是我寧可錢被搶走。好想哭喔。

6月10日

洪在民一伙人非常執拗，之前只要給了錢，打幾下就會放我走，但是今天打上課鐘了還不放我走。以為是我舉報校園暴力嗎？不是我。我好不安。

7月1日

只打看不見的地方。胸口和大腿都是瘀青，只要碰到就很痛。就算摀住耳朵也能聽到洪在民的笑聲，家裡也迴蕩著他的笑聲。

7月9日

他要我買酒給他，我拿了媽媽的酒給他，他又說拿菸給他，但我說媽媽不抽菸。在洪在民的指使之下，我在雜貨店偷了香菸。

7月28日

明明放暑假，為什麼還要上輔導課呢？

8月24日

家長面談時，說我身上有菸味。我說我沒抽菸，但沒人相信。祕書代替媽媽來學校，跟我說如果被別人知道會長是我父親的話，不會放輕易放過我。那是要我怎麼辦？我好痛苦，好痛苦。

8月26日

被打得太厲害，雙腿沒力。

8月29日

祕書警告說校服太髒了，接著又說不要以為你讀書就囂張，不許引發任何的風波。

9月2日

在我被揍的那段期間，去了一趟加拿大回國的世暻長高也變胖了。他在學校前面的小吃店說想吃泡菜炒飯。他沒有去學校餐廳，我看著他和朋友們一起走出校門。

9月11日

放暑假還比較好，因為我不想讓世暻看到我被打的樣子，這比我被打更令我難受。我希望能消失不見，我想把自己塞進櫃子裡，不讓任何人看見。

9月20日

洪在民知道了。

10月28日

洪在民食言了，班上的同學們都知道我喜歡世暻。

11月26日

走過走廊的時候，能聽見人們竊竊私語。我害怕世暻會聽到，我害怕世暻聽到後會因為被我這種人喜歡而覺得噁心。

12月9日

我一進廁所，他們就出來。說他們不想和同性戀共用廁所。還說我只要看到他們的雞雞就會勃起。我不認識他們，但他們卻知道我是同性戀。

12月11日

我扔掉了Chupa Chups糖果。

12月20日

我不懂為什麼會變成這樣，單純喜歡一個人有錯嗎？我又不像洪在民那樣搶別人的錢，也沒有打人，為什麼大家要這樣對我？我沒對他們做過什麼壞事，但他們不躲洪在民，卻躲我。

全校學生好像都在說我的事情，一看到我就竊竊私語。我好害怕，真希望我的心跳就這樣停止。我不想再去學校了。我想逃離這裡，我不想再待在這裡了。我不想活了，好煩哦，我想結束生命。不明白為什麼我還要活著。

「這些該死的傢伙……」

重新讀到最後一頁的金得八咬牙切齒，拿著平板的手筋骨突出，手指不停顫抖，宋理巘的身體無力，平板螢幕才能完好無缺，如果是金得八的身體，螢幕早就裂開了。

雖然不常寫日記，也不是所有事情都記錄下來，但從簡短的文字就能理解整個情況。校園暴力和出櫃，宋理巘就是受到這兩件事的折磨，才會選擇爬上天橋輕生。

在雨天翻車只為了救一個素不相識的人，這就是金得八，他雖然出身黑幫，但為人正義，無法對遇到危險的人視而不見，在金得八的靈堂上哭到跪倒的那些人，都是曾經接受過金得八幫助的人，從這可以窺見他生前的不同面向。

宋理巘的事，他當然也不可能置之不理。

「呀。」螢幕變暗的平板上映出了宋理巘的樣子，金得八對他喊了一聲。

讀完日記後，不管是他那憂鬱的眼神，還是那因為害怕變得僵硬的嘴角，看起來可憐，但其實更讓人心疼，究竟被欺負到什麼程度，讓本該揮灑青春的少年，在這個年紀想要自殺。

像是自己受到欺負一樣，金得八憤慨地開口說：「你這副身體先交給我，直到你回來為止，你的身體就先借我用一下。我沒上過學，踏入校門是我的願望，我會好好唸書，享受青春，實現我的願望，等你回來我就升天，但是……」

金得八像是發現獵物的老虎睜大眼睛，憂鬱的眼神變得銳利，讓人難以相信是同一雙眼睛。

「那些欺負你的混蛋，我會好好替你報仇的。」

第二章

原來是你！在民啊

新的一年到了。

金得八在宋理獻的身體裡，迎來了第二次的十九歲。雖然條件是要待到宋理獻的靈魂回來為止，但自從決定以宋理獻的身分生活後，金得八逐漸適應了。

自己原本的身體被火化後，雖然讓人感到很茫然，但坦白說，和天氣一變就關節痛的老人相比，還是充滿彈性的年輕細胞好多了。

「年輕真好。」他診療結束後走出來，左右扭動了上半身，正如醫生診斷的那樣，骨頭正在好轉，並沒有感到太大的疼痛。

如果是金得八的身體，即使喝下一大碗高湯，要讓折斷的肋骨復原，也還是需要好好地休息，但是十幾歲的年輕身體，卻展現了驚人的恢復力。

金得八滿意地披上黑色的長款羽絨大衣，這是他在天橋事故那天，在車裡看到學生們穿的款式，他跟護士借了外套後出去購買的。這趟外出雖然辛苦，卻很值得，為此他感到十分得意，抑制不住嘴角的笑意。

他決定以宋理獻的身分生活，既然如此，打算做一遍所有曾經想做的事，他已經開始享受宋理獻的生活了。

當他在大廳櫃檯領了外出證，走出旋轉門時，凜冽的寒風吹起了稀疏的頭髮。金得八輕輕地推著點滴架，以免它被突出的人行道磚給絆住，然後朝著他在病房就已經找好的美髮沙龍店走去。

「歡迎光臨！」

櫃檯店員以開朗的聲音迎接客人，金得八本能地感到抗拒而猶豫了一下，他習慣給沉

默寡言的理髮師剪髮，從剪髮到刮鬍子一氣呵成的那種理髮廳，對這種親切的服務感到不舒服，但因為混過幫派，他有自己的威嚴，不會因為這點事情就退縮。

髮型設計師和藹地微笑著，走向正要進去的金得八，或者更確切地說是宋理獻，一個十幾歲的少年。

「是第一次來嗎？要做什麼呢？」

「對，我……要理髮……」

「啊……理髮，你要剪頭髮啊！你想要剪什麼樣的髮型？學生？你是附近經紀公司的練習生嗎？長得太帥了。」

「不是，那個……」金得八結結巴巴地說，前任黑幫的威嚴已蕩然無存。

以前他常去的理髮廳，進門就有同齡的理髮師迅速地幫他理髮、洗頭、刮鬍子，但是在鬧區的高級沙龍，設計師讓客人坐下後便會開始東聊西聊，讓金得八魂都飛了。

設計師一邊讓金得八坐下後，一邊不停地拽著他的鬢角髮絲說道：「看看你這髮質多好，燙髮效果應該很不錯，有染過頭髮嗎？現在規定沒那麼嚴格了吧？稍微燙一下就好了，就這樣剪掉太可惜了。」

設計師為了試髮型，撩起他的瀏海時，發出了讚嘆，然後開始積極勸說：「哇，學生你長得真帥，你用 IG 嗎？如果你上傳在我們這邊燙頭髮的照片，我可以破例給你打折，你要不要試試燙髮呢？」

金得八平靜下來，對著鏡子瞪大了眼睛，心想這個男人話還真多。

「剃平頭。」

「……呃嗯？」

這個大膽的要求讓兩人的態度完全顛倒了，金得八跟失了魂的髮型設計師堅決地表明了自己的立場。

「我現在高三，要認真唸書，就剃平頭吧！」

❧ ❧ ❧

「歡迎再來！」

當蓬鬆的頭髮覆蓋著後頸時沒有注意，但是當離開理髮廳時，吹過頸後的風是冷的，金得八有點尷尬地摸著額頭上的短瀏海。

在設計師的堅持勸說下，金得八最後同意剪了一個稍短的短髮，雖然他覺得那位一直試圖阻止他剃平頭的設計師很煩人，但是後來設計師說「剃平頭會給學校老師和同學帶來恐懼」這點最後說服了他。

宋理巘的同儕關係遇到了困難，金得八不能讓它變得更糟，而且對四十七歲的金得八來說，教師是神聖不可侵犯、必須守護的對象。

金得八笨拙地梳理著從指間滑落的頭髮，他下一個目的地是書店。

因為有點滴架，所以搭電梯。一進入地下室書局，暖氣帶來的乾燥微風吹到了頭頂，或許因為是年初的緣故，架上擺滿了五顏六色的日記本，而金得八正在尋找的題本，也瞄準新學期的到來而陳列在顯眼的地方。

被塑膠封套包裹的題本，在日光燈的反射下閃閃發光，挑選著題本的金得八，眼神極為嚴肅。

想起包包裡的題本，對金得八來說難度太高了……作為一個大齡學測考生，哪裡跟得上從小就在各種補習班打滾的宋理獻。那天翻閱宋理獻的題本時，金得八感到背脊發涼，宋理獻的成績還挺不錯的，全都答對畫了紅圈。

「這小子還挺會唸書的嘛……」

如果現在馬上去上學，不只要考模擬考，還得考期中考，如果宋理獻的靈魂回來，總不能給他一張全校倒數第一的成績單吧！

金得八的頭腦簡單，但他還是有良心的，反正本來就有在學習，為了避免成為全校倒數第一，他開始看符合他程度的題本，先從基礎開始一步一步來，平均成績就不會只有七級分……

「如果你是第一次買題本，可以買這個。」

「啊，嘶！」

一隻手突然伸出來，遞上一本題本，金得八驚訝地揮動了手臂，右拳正好落在對方舉起像是盾牌的題本中心點，而且不僅如此，對方還被震退了幾步。

「哇——」對方也被嚇到，從題本另一邊傳來了驚呼聲。

發現自己不小心打到了無辜的人，金得八尷尬地鞠了個躬，「呃……你沒事吧？」

也許覺得金得八的詢問像是一種安全保證，遮住臉的題本慢慢地放了下來，遮住額頭的黑色瀏海，和圓睜的眼睛露了出來。

當對方的視線仔細地掃過他的臉時，表情閃過一絲失望，但因為只是一瞬間，金得八沒有深究，認為對方可能認錯了人。

少年裝作不失望的樣子，來回檢查了題本說道：「嗯……這本我要買耶？」

題本的中心被金得八的拳頭打得凹了進去，周圍也變形了，顯露出殺氣騰騰的拳頭威力。但他還是打開了題本，檢查是否還能看清楚內容。

「對不起，嚇到你了吧？」少年對仍保持攻擊姿勢的金得八微微上揚了嘴角。

也許是因為黑色髮絲柔軟，給人一種格外輕盈飄逸的印象，他穿著有花紋的米色針織衫和棕色外套，這些都增添了他的知性形象。

少年歪著頭，降低了視線高度，似乎有著不尋常的親和力，然後他瞇起眼睛笑了。

「如果是第一次寫題本，從這個開始吧。那本概念很少，題目太多，很難寫。」他打開的題本一半解釋概念，一半是基礎問題，正是金得八遠遠推開的那一本。

是學生嗎？金得八原本對這個突然接近的少年抱著戒心，但就在對方像是寫過所有題本似的，很熟練地跟他推薦後，雖然還沒完全放鬆警戒，卻不自覺地肩並肩站在他的旁邊，「既然都要花錢買了，題目當然是越多越好。」

「嗯，會錯很多，沒關係嗎？畢竟得不到成就感，就沒有動力，建議下一本再寫只有問題的。如果你想要只有題目的話，我推薦這本。」少年從容地回應金得八的抱怨，安撫人的聲音像牛奶泡沫一樣柔和。

「寫完那本，再寫這本會錯的比較少嗎？」

「一般來說都是這樣。」

雖然沒有表現出來，但看著每一題都答錯的題本的確會沒有動力，反正怎麼寫都會錯，為何還要寫呢？

曾經有過這樣的疑問，第一次有人說出金得八的心聲，而這個人就是眼前的少年。看來這個人是真材實料，他真的很懂。

金得八原本覺得這個突然插話的少年不大順眼，但他的眼神突然一變，閃閃發光。

「同學，你有時間嗎？」

❧ ❧ ❧

「請問要裝在購物袋裡嗎？」

「要。」

金得八將信用卡遞給書店員工。

從日記中提到的祕書和會長來看，家境應該相當不錯。果不其然，祕書給的肩背包中的信用卡，就算刷了也從來沒有刷不過的情況。

書店員工遞還信用卡和發票，接著將他購買的題本放入購物袋中遞給他。聽從了少年的建議，每個科目只買兩三本，但是又加買了國文、英文和社會探索等書，因此購物袋變得相當沉重。

這是金得八平常可以輕鬆手提的重量，但對肋骨骨折正在復原的宋理獻來說，這並不是可輕易提起的，接過購物袋的右手臂不由自主地傾斜了身體，胸口的疼痛蔓延開來。不過，金得八不是那種會表現出吃力的性格，他把沉重的購物袋掛在點滴架的手把上，慢慢地走著。

這時，買了散文集，結完帳的少年走了過來。

兩人就像約好了一樣，搭乘同一部電梯，離開書局，來到大街上。在等紅綠燈的時候，金得八搔著頭猶豫了一下，然後用手肘碰了一下那個少年，「我請你喝飲料吧！」

初次見面就讓對方幫忙挑選題本，金得八不好意思就這樣讓他走，於是用下巴指向一家咖啡廳。他很好奇少年的真實身分，在幫忙挑選題本的時候，一副愛管閒事的樣子，但在提出一起去咖啡廳邀約的現在，少年卻一臉尷尬地看著他。

少年的視線固定在剪了短髮的宋理巘身上，注視著被冷風吹紅的鼻尖和因帶傷四處走動而顯得疲倦的眼神。

「好啊，走吧！」點了點頭。

位於十字路口紅綠燈附近的連鎖咖啡廳，客人絡繹不絕。對金得八來說，熱鬧的地方除了酒吧之外，就是幫派鬥毆的那天晚上被抓去的警察局，店裡人太多讓他有點畏縮。

「想吃什麼都可以點，用這個結帳。」

金得八不大想吃東西，於是他把信用卡交給那位少年，然後先走到餐桌旁，又不是親戚大叔給侄子買東西，年輕的宋理巘只是隨手給了信用卡就走掉了，留下少年對著手中的金色信用卡顯得有些困惑，不知所措地看著它。

可能是高估了宋理巘的體力，才走了一下，金得八已經筋疲力盡，趴在桌子上休息，一走進溫暖的室內，他在室外被冷風吹過的臉頰變得紅通通的。當少年坐在對面的位子時，他才勉強起來撫了撫腫脹的臉。

拿著點好的飲料過來的少年，把信用卡放在外帶杯上推了過來。

——真煩，幹麼買我的？我不是說不喝嗎？

但看在少年的誠意上，金得八決定假裝喝一下，但是當他通過吸管喝下甜甜的飲料時，糖分似乎瞬間注入體內，眼睛瞬間睜得大大的。

「這是什麼？」

「熱可可。」

在金得八度過童年的江村，唯一的甜味來源是煮玉米時加入的糖，所以這充滿糖分的熱可可對他來說，是一個全新的世界。似乎對吸到的量感到不滿，他用雙手緊握杯子，以戰鬥態勢用力地吸著吸管。

「不燙嗎？」

「到了連鋼筋都可以咬碎的年齡，哪裡會燙。」

與此同時，少年打開杯蓋，小口喝著拿鐵。似乎對宋理獻暴風吸入熱可可感到有趣，他隱晦地用杯子遮住微微上揚的嘴角，然後問道：「國中生？」

——你這個小子，我四十七啦！

金得八在心中嘀咕著，然後說出了宋理獻的年齡：「十九歲。」

一直保持微笑的少年終於失去了鎮定，他放下杯子，不停地摸著下巴。

「啊，我們同年，我也十九歲。」少年的眼神搖擺不定，顯得有些不安，不過很快他就坦白了：「怎麼辦？我以為你是國中生，給你推薦了國三生適合的書。」

「喔，你看得很準，謝謝你。」

年紀大的好處就是不再有無謂的虛榮心，即使幫派老大看著自己的大學入學考試成績單而哈哈大笑時，他並不覺得有什麼可羞愧的。對這個比自己年輕的男孩，金得八也沒有感到任何的嫉妒。僅僅以一種「我老了，請年輕人幫忙」的心態提出問題的。

「現在的孩子們都怎麼唸書呀？」

「……現在的孩子們？」

金得八熱情地點點頭，沒有意識到自己的問題有多荒謬，少年愣了一下，像是發現了有趣的事，眼神閃閃發光，配合著回答了問題：「就認真讀課本就好了。」

「現在也是這樣嗎？」

「就算時代改變，但基本功是不會那麼容易改變的。」

聽起來很有道理，金得八點了點頭。

少年長得一副適合主持教育節目的臉，接著補充道：「努力唸好國英數就可以了。」

「這……」

金得八這才察覺到少年是在戲弄自己，瞪了對方一眼，他輕輕踢了厚著臉皮喝著飲料的對方一下，然後無所事事地吸吸管，因為已經喝完了，只能吸到空氣，於是金得八開始收拾東西。

「我們走吧！」

「我還沒喝完呢。」

少年傾斜他正在喝的杯子給金得八看，和用吸管幾乎吸光了所有熱可可的金得八不

同，少年的飲料還剩下一半。金得八只能無奈地坐下，玩弄著手指甲，但少年似乎不想快點喝完，假裝喝著飲料，偷偷觀察著坐在對面的金得八，他亮棕色的頭髮在陽光的照耀下更為明顯。

「你為什麼這樣看著我？」金得八低著頭發問。

少年似乎沒想到會被發現，有些尷尬地辯解著：「我以為你是我認識的人。」

「我嗎？」

少年：「但我搞錯了，可能因為你們身材差不多，你和他完全不一樣，尤其是性格和說話方式。」

金得八有點緊張，以為他認識宋理獻，但少年的否認讓他鬆了一口氣，如果真的認識，早就認出來了。金得八突然想到宋理獻將瀏海遮住臉後，變得連平板都認不出來，於是放心地坐在椅子上。

⁂

金得八以為和少年在咖啡廳分手後會各自離開，但少年卻和他一起過了斑馬線，起初金得八以為他們是同一個方向，但當對方跟著他一直走到醫院正門時，他再也忍不住問道：「你為什麼跟著我？」

「我也要去中央醫院，去探病。」

——他怎麼會知道我要去中央醫院？

金得八皺著眉頭，眼神帶著戒心，少年指了指羽絨外套裡的病服，因為手臂插著點滴，外套只是披著，所以能夠看到病服上的醫院名稱。發現這點的金得八顯得有些尷尬，沉默地推著點滴架，率先走過了醫院前車道。

隨後而來的少年看到點滴架的輪子卡在人行道的邊緣，主動過來幫忙抬起點滴架，金得八心裡暗自讚嘆。

——一直覺得這個孩子很有腦袋，雖然一開始以為我是國三生，但卻在初次見面就推薦了題本，甚至還主動幫忙拿我的飲料，聽他說話的樣子，功課似乎也很好。至於臉啊……雖然有點像小白臉，但看起來性感，女孩子們一定會喜歡，而且個子又高，身材也不錯。

金得八心想，有這樣的年輕人當兒子，他的父母該有多麼自豪。習慣難改，金得八說了他那個年齡會說的話：「你這麼聰明，你的父母大概連飯都不用吃就會覺得飽了。」

「我從剛才就想問你，你跟爺爺住在一起嗎？你看起來很年輕，但講話有點老氣。」少年忍不住哈哈大笑，剛才他的嘴角就有笑意，看來是一直忍住不笑。

金得八發現自己像個老頭子一樣，摸了摸脖子，裝若無其事。

宋理巘的耳朵被冷風吹得通紅，少年發現後，故意彎下腰來與金得八對視，少年的秀髮隨著動作輕輕搖晃，「什麼同學？一副大人的口氣。」

「同學就是同學，不然要叫什麼？又不知道你叫什麼。」面對少年眼角含笑地戲弄，金得八不悅地回嘴。

金得八握緊了拳頭，猶豫著要不要打這個不足以擋他一拳的傢伙。

「啊，我都還沒自我介紹，我叫崔……」

「世暻！」

一名女子從醫院大廳走出來，看到少年就喊了起來。

崔世暻。

聽到有人叫自己的名字，崔世暻揮了揮手回應對方，眼睛變得彎如月牙般笑著打了一聲招呼，「我得走了，太晚了，記得用功讀書。」

崔世暻把從咖啡廳提來的購物袋遞給金得八，然後跑向在正門等候的女子，他沒有扣上大衣的扣子，大衣在風中飄動露出了他修長的雙腿。

金得八愣在原地，沉默地看著女子和崔世暻一起進入醫院的旋轉門後，才回過神來，搔了搔頭。

「臭小子，笑什麼笑啊……」

在那短短的時間裡，崔世暻不知道眼角含笑多少次，金得八有種預感，也許那個狡猾的笑容會留在腦海裡，隨後他也推著點滴架走了。

當身體用力時，肋骨部位傳來一陣疼痛，金得八低頭看到手中握著購物袋，裡面裝的是從書店購買的一堆題本。

這時他才發現他忘記從咖啡廳帶走，但是崔世暻幫他拿了，崔世暻要走之前握住他的手，他還以為對方瘋了，原來是為了不讓購物袋的重量突然增加。

就算想對那個不動聲色，幫忙拿購物袋的少年表達感謝也來不及了，因為他已經消失在人群中。

最後，金得八把購物袋掛在點滴架的手柄上，自言自語地稱讚了崔世暻。

「真是個好孩子。」

他還沒發現日記裡提到的崔世暻，和他遇見的崔世暻是同一人。

❧ ❧ ❧

龍山區梨泰院路的弧形後巷，與熙熙攘攘的商店和酒吧林立的大道不同，有好幾幢高牆聳立的庭院住宅。這裡人跡罕至，冷漠的鄰里關係成了不成文的規則，如同俗話說的燈下最黑暗，這裡是最適合會長藏情婦的地方。

住在這裡的人有很多祕密，自然而然地，傭佣們也大多都是謹言慎行的人。

瑞山大嬸可以進入這棟豪宅當幫傭，也是因為她能守口如瓶。在這座豪宅見到的所有事，立即忘記，不得洩露，所有住在豪宅的人發生的事都不能插手，只能做指派的工作和家務。

瑞山大嬸依合約規定，嚴守分際。

雖然認出了住在豪宅裡的女人，就是二十多年前成為媒體焦點之後，消失得無影無踪的美女演員，但是瑞山大嬸仍裝不知情，即使女人的兒子回家，看到他身上有被踹的腳印，也沒有追問。

成為完美的陌生人，只輔助他們的生活，而不介入其中，瑞山大嬸也是一位完美的觀察者。

作為觀察者，瑞山大嬸也察覺到了新的變化。

這個家的兒子，宋理獻，走路時總是低著頭，長長的瀏海遮住了臉。

去年聖誕節前夕，聽說宋理獻發生了車禍，瑞山大嬸按照祕書的吩咐，為他打包要送去醫院的行李。他因為受了重傷，整個冬天都住在醫院裡，但是在新學期開學前，回到家裡的宋理獻，變得和之前不一樣了。

至少瑞山大嬸在這個家裡工作了十年，才能認出頭髮剃得像栗子一樣的宋理獻，如果是其他人，可能會懷疑他是不是中途被換掉。

原本的宋理獻性格軟弱，如果能憨厚一點就更好了，但是他生性多愁善感，很會察言觀色，知道親生母親討厭自己，每當她喝醉要找會長的時候，宋理獻就會感到壓力，導致胃痛。

因為常拉肚子，所以變得挑嘴，偶爾會長拜訪豪宅一起吃飯的時候，他勉強拿起筷子的樣子十分明顯。像老虎般的會長，不滿地質問這麼脆弱的傢伙，真的是我的骨肉嗎？然後憤而離席，宋理獻的親生母親會纏著會長，哀求他多留一會兒，在一旁察言觀色的宋理獻消化不良，一整晚都空腹嘔吐。

這個家是就算在週末連續劇裡也都不會出現的奇怪家庭，宋理獻是家中最弱的人，他就是這樣的孩子。

至少在這個家工作超過十年的瑞山大嬸眼裡是這樣。

一大清早就起床運動，吃一碗裝得尖尖的白飯，這並不是瑞山大嬸所認識的宋理獻。以前那種一粒一粒、慢慢吃飯的習慣沒有了，變成心情很好地用湯匙大口大口地吃，看來是在瑞山大嬸上班之前就出門運動，滿頭大汗地回來，所以胃口很好，一下子就吃完一大碗白飯。

「請再給我添一碗飯。」

瑞山大嬸好奇地偷看著宋理獻，覺得心虛又有點驚訝地接過了空碗。

「哦，再添一碗嗎？要再給你烤點魚嗎？湯呢？」

「不用了。」他爽快的回答也是一種改變。

出院後的宋理獻，第二天運動回來以後，看了空蕩蕩的餐桌，要求吃早餐。原來的宋理獻因為顧忌別人，平常連基本的要求都不敢提出，出院後卻能自然的提出要求，還能輕易拒絕。

他過於自信的態度，讓瑞山大嬸反而有所顧忌。

以前，瑞山大嬸只要把飯菜做好，就會回到廚房，但現在她會更關心餐桌上的一切，像是要不要多拿點小菜出來，或是在餐桌旁放上一杯水之類的。

她一邊用圍裙擦拭手上的水珠，一邊在周圍徘徊，忽然想起今天是宋理獻新學期的第一天。

洗衣服和熨燙是瑞山大嬸的工作，但她從來沒有熨燙過宋理獻的校服。原來的宋理獻會二話不說地穿上，但現在的宋理獻看到有褶皺的襯衫，應該不會掩飾他的不滿，為了不惹惱年輕的雇主，瑞山大嬸趕緊奔走了起來。

❦ ❦ ❦

一輛豪華轎車駛出小巷，進入大路。在擁擠的首爾市中心駕駛通常會變得暴燥，但司機小心翼翼地不讓車子搖晃，並緊張地瞥了一眼後視鏡。

坐在後座的少年舒適地翹著二郎腿，滑著手機，誰會想到這個少年就是那個總是低著頭、陰鬱的宋理巚呢？

「看什麼？」本以為宋理巚全神貫注的在滑手機，但他似乎察覺到視線，便低沉地斥責了一下。

雖然他明顯比司機年輕至少十歲，但他傲慢的態度卻顯得如此自然，以至於朴司機緊張得立即回道：「啊，沒什麼！」

慢了半拍，金得八這才發現自己是個青少年，說話過於無禮，於是搔了搔後腦杓，匆忙道了歉。

「啊……對不起。」

這種帶著一點中年氣息的道歉，並不像那個年齡層的孩子們會做的道歉方式。司機將車停在宋理巚就讀的高中附近的巷子裡，但宋理巚沒有要下車的意思，只是繼續滑著他新開通的手機，覺得有點尷尬的司機問道：「那個，少爺，您還不下車嗎？」

「這裡嗎？」

金得八終於從手機上移開視線，環顧車窗外的景象。

他看到穿著與宋理巚同款校服的學生們正在爬坡。

「您說不喜歡在校門口下車，所以總是在這裡下車。」

「那麼麻煩，幹麼要爬坡？直接開到校門口。」

司機的年齡和金得八在幫派時的手下差不多，不經意就用了半語，發現後趕緊補充道：「麻煩您了。」

一輛閃閃發亮的豪華轎車停在校門口，雖然這裡是富人區，但由於高中的均衡，並不是所有學生都是財閥家族的子女。

因此，這輛罕見的進口車，吸引了上學的學生們的目光。

轎車後座的門打開腳落地時，褲管因坐著升高露出了腳踝，是轉學生嗎？上學途中的學生們看到從車上下來的同齡人，都有著類似的猜想，一邊走過去，一邊打量著。

「等我打給你，再來接我……麻煩您了。」金得八像是習慣般的脫口而出了半語，隨後又補了敬語，然後關上了車門。

不理會離去的轎車留下的廢氣，面對著學校大門，金得八忍住想要大喊的衝動。

一眼就能看見那綠色的折疊鐵門，不敢相信真的是學校！校門！學生！

竟然又再次迎來了人生的黃金時期！

雖然是介入別人的人生，但是穿上校服去上學這件事，讓他不勝感激，在電影《頭師父一體》④中演學生的鄭俊鎬聽說當時已經三十幾歲了，但是自己四十七歲了，穿上校服只會被嘲笑是老糊塗，原本以為自己的一生和校服再無交集！

金得八情緒激動，深吸了一口氣，抓住了書包背帶。

雖然知道自己現在的外表是宋理獻，並且穿著完整的校服，不會有什麼問題，但他還是感到緊張。校門口由學年主任和生活指導部的學生站崗值勤，金得八有限的想像力，在這一刻盡情展開，擔心他們會認出自己是金得八，然後質疑像他這種老人怎麼膽敢進入學

校，並將他趕出去。

心臟撲通跳動的聲音幾乎傳到耳朵裡，金得八努力融入其他學生中，一步一步小心翼翼地前進，新買的運動鞋摩擦著他的腳踝後面的皮膚，因為是第一天，只裝了筆記本的書包發出鐵製鉛筆盒的咔嚓聲。

就在他混在熙熙攘攘的學生中通過校門時，他以為已經安全通過，正準備鬆一口氣，突然聽到針對金得八一聲如魚叉般的叫喊聲：「你！就是你！」

金得八想快點通過校門，身體向前傾的停了下來，有點猶豫地指著自己，「我嗎？」

「是的，就是你，這裡除了你之外還有其他人嗎？」

——很多人啊……

金得八沒能指出學年主任的奇怪說法，反而被他晃動的手指給吸引。金得八皺起眉來，因為學年主任用三十公分的長尺指著他的胸口。

看到宋理巘皺起眉頭，學年主任假咳一聲，悄悄地背起手來，藏起長尺，解釋為何指著他的胸口，「名牌？你的名牌呢？你幾年幾班的？」

這件事讓金得八也很難過。

原本宋理巘穿的校服，因為受到校園暴力的關係變得破爛不堪，只能買新的校服，但

註釋④　頭師父一體：韓國系列動作喜劇片，一共三部，導演分別是尹齊均、金東元、沈昇輔。影片講述鄭俊鎬飾演的黑幫首領蓋都植為了能使幫會與時俱進，化身大齡學生，進入學校學習，甚至進入社會歷練的系列搞笑故事。

當他興奮地回到家，拿出新校服時，發現名牌上面的名字是「金得八」。

難怪當時校服店的老闆一再確認名字。

以金得八這個名字活了四十七年，他很清楚人們如何看待自己的名字，在同齡人中就很奇特，更何況是現在十幾歲的孩子，這個名字一定會成為笑柄，當用剪刀把名牌上的線頭剪掉時，他的心情很沉重。為了第二天去上學時不犯錯，他不斷提醒自己——我是宋理巚，宋理巚，我的名字是宋理巚，不是金得八。

因為打算在宋理巚的靈魂回來後，將身體還給他，所以金得八刻意保持著一定的距離感，但現在因為一個只有手指大小的名牌，這種距離感開始出現裂縫。

這是一個非常微小且容易被忽略的變化。

「對不起，放學後我會立刻別上的！」金得八大聲喊道，像是對待老闆一樣的恭敬地彎腰。

雖然在新學期的第一天就被抓住不大好，但學生怎能踐踏老師的尊嚴呢？在金得八成長的那個時代，老師是「有學問的人」，整個村莊都應該要尊敬。

學年主任看到學生順從地反省感到欣慰，於是假咳了一下，「咳咳，你是吃了鞭炮嗎？聲音真響亮。」

三十年的教職生涯，一直致力於輔導問題青少年的學年主任，特別喜歡沒有反叛氣息且尊重師長的學生，但他不至於就這樣放過學生，而是雙手收於背後，開始了一番長篇大論的訓話：「你呀，你以為只是因為名牌才攔你的嗎？你這個傢伙，又不是老師，開學第一天車子開到校門口，成何體統，如果其他學生出事了怎麼辦？你到底有沒有腦子呀？」

「我會注意，不會再發生這種事。」金得八像在他年輕時做小混混那樣，低下了頭。無論是老闆，還是老師說的話都不該反駁。從經驗上來說，當上司要找茬時，會沒完沒了，所以迅速承認錯誤並表示反省是上策。幫派組織生活中的技巧，在學校好像也一樣有效，學年主任不再嘮叨，點了點下巴。

「知道就好。我不會給你扣分，去那邊站十分鐘，然後再去教室上課，不會記下你的名字。」

「謝謝！」

學年主任指向的地方，生活指導部的學生們正在記錄被抓到的學生的年級和名字。雖然說開學第一天不會因為名牌被記名扣分，實際上被抓的一排學生大多因為染髮、戴耳環或是修改校服……等等過於有個性的行為。

金得八站在離隊伍稍遠的牆壁旁，他握著書包帶，呆望著前方，等待時間的流逝，這時，站在隊伍最後面，一個頭髮染成黃色的男學生叫住了他：「你這個白痴，不是那裡，站這裡。」

他用下巴示意他身後的位置，金得八盯著這個初次見面就叫他白痴的傢伙，頭髮因為漂成黃色，所以髮質很糟，站三七步，吊兒郎當的口氣，以及因為未能乾淨刮除鬍碴而呈現青灰色的上唇，讓他看起來就像是一個想加入幫派的菜鳥。

「你聽不懂人話嗎？」

金得八只是靜靜地看著對方，那名染黃頭髮的男學生卻認為自己被無視了，轉過身來瞪著金得八。但他哪是會怕的人，繼續直視對方後，那名黃頭髮似乎更加生氣，表情變得更加凶狠。

「那裡！摩托車！你們是一年級學生對吧！給我站住！」聲音響亮的學年主任，揮舞著三十公分的長尺跑出了校門，他那一頭幾乎要掉光的頭髮隨風飄揚，身影消失在下坡路的盡頭，幾個生活指導部的學生也跟著追了上去。

不知道發生了什麼事，學生們彼此竊竊私語，只有黃頭髮和排在他前面的學生們咯咯笑著，他們互相交談著，彷彿猜到了校門外發生的事。

「是英柱那小子，他瘋了吧！聽說因為送貨兼職被開除，就偷了摩托車，他騎摩托車來嗎？」

「一群瘋子。」

「開學第一天就這樣，真的沒救了。」

無論是校門外的那些孩子，還是校門內的孩子們，都一樣沒救了。

校門口只剩下一些看起來懵懂的生活指導部學生，罰站的學生們似乎想要逃跑。

「喂，學年主任又不在，那我們是不是可以走了？」

「是嗎？」

那群學生意見一致決定要逃跑，但黃頭髮卻慢慢地走向金得八。他因為學年主任在場而忍著，現在學年主任一不在，他便走向金得八，似乎要威脅他：「你一年級？你讀哪間國中？你認識我吧？」

「……」

「我在哪裡見過你，他媽的，我想不起來，你住哪裡？」

金得八覺得這個傢伙話多又煩人，他對不良青少年沒有興趣，而且他太年輕，還只是個高中生，金得八只覺得煩，沒有回應。但那個黃頭髮卻很固執，他甚至抓住了金得八的下巴。

黃頭髮看著金得八露出了不悅的神情，卻任性地左右搖晃他的下巴，似乎在欣賞他的反應。

「哇！這可不是鬧著玩的。」

「……」

黃頭髮覺得自己好像見過金得八，尤其是下巴到耳朵的線條，於是將金得八的臉正對著自己說道：「不過，說真的，我應該曾經在哪裡見過你……」

當他的目光落在薄薄的嘴唇上時，他想到了某人，但隨即否定了這個念頭，不可能是宋理巘，不僅外貌不同，那個懦弱的傢伙，即使是死而復生，也不可能在他面前挺直腰板站著。

一想到宋理巘整個寒假都無視他的聯絡，瞬間感到心情低落，語氣變得更加惡劣，原本話中夾雜著髒話，頓時變成了威脅的語氣，「你沒嘴巴嗎？『學長，您真的很帥』你不會說嗎？一年級的傢伙，完全不知天高地厚。要不要教你一些規矩？讓你的學校生活變得慘不忍睹？」

黃頭髮自以為金得八是一年級學生，但想不起來在哪裡見過他，只是隨意猜測可能是在網咖遇到的某群國中生裡的一人，然後開始威脅。一群烏合之眾試圖模仿幫派組織文化並談論紀律，這在金得八眼中看來既可笑又可愛。

同時，金得八抓住了隨意擺弄自己下巴的手腕，因為對方年輕，本來打算放過他，但這個人不知分寸，肆無忌憚地挑釁，所以金得八給他一個教訓也不為過。

他移開對方抓住自己下巴的手，然後說出對方先前要求的外貌評語：「你長得就像是夜店的拉客小弟。」

黃頭髮原本只是呆看著金得八的薄唇和臉頰勾勒出的線條，過了一會兒才明白金得八話中的意思，脾氣暴躁的他，突然感到脖子後的溫度急劇上升。

「什麼，你這個混蛋——」黃頭髮忍不住了，他的手跟他的嘴一樣粗暴。他完全沒有意識到這裡是學校，旁邊還有生活指導部的學生，他立刻抓住金得八的衣領，朝他揮拳。

不對，應該說打算朝他揮拳，因為抓住了金得八的衣領，所以打算朝金得八的臉部揍下，但是金得八的手掌已經先覆蓋在黃頭髮的臉上，遮住了他的視線。

「呃咿！」

雖然宋理獻的身體沒有多少肌肉，力量上可能略遜一籌，但他動作敏捷，再加上金得八的技巧，表現得相當不錯。

視線被遮住，一時驚慌的黃頭髮反被金得八抓住衣領按到牆上，砰的一聲，他的背部撞擊堅硬的磚牆，疼痛從背部蔓延到胸口。

「喀咳……」

「拉客小弟，給我安分地上學吧！」

當黃頭髮在牆上掙扎時，金得八狠狠地在他胸口打了一拳，投降的男學生屈膝哀嚎，其他同伙和生活指導部的學生都看到了這場打鬥，驚訝得瞪大了眼睛，但被金得八強硬的

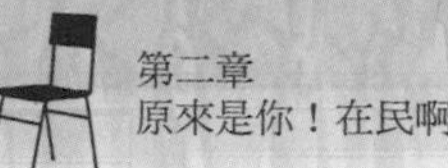

氣場壓制，沒有人敢介入。

金得八看了看手錶，然後後退了一步，黃頭髮雙腿無力沿著牆壁滑落，抱著肚子蜷縮成一團。

「咯咳咳……」

「在、在民啊……」

旁邊的學生們驚恐地喊著被打學生的名字，紛紛圍了上來。

金得八無動於衷，他揹好滑落的書包，已經過了十分鐘，是時候去教室了。

❦ ❦ ❦

三年一班。

金得八在推拉門的門框上確認了橫向突出的教室門牌，緊咬著嘴唇，努力不讓嘴角上揚，根據那位被稱為「祕書」的女士所提供的訊息，三年一班座位十二號，是宋理獻的班級位置。

正如所料，來到宋理獻病房的那位女士，就是被稱為「祕書」的李美京。她是董事長安排的人，負責監視並照顧地下情婦和私生子，以防他們被外界知曉，雖然李美京非常討厭宋理獻和他的母親，但她還是確實地執行了會長的命令。

她處理了宋理獻引起的事故。

金得八的手下們激動地說要揭發車禍真相，她帶律師進行協商，並向學校通報了因為事故而無法參加輔導之事。雖然她沒有去探病，或是特別關心宋理瓛新學期的準備，但至少通知了宋理瓛他被分配到的班級。

李美京厭惡和蔑視他們母子倆，但處理事務時就像個沒有感情的機器人，她唯一施予的恩惠，只是跟宋理瓛新學期的班導暗示，他的事故可能和自殺有關。

如果是原來的宋理瓛，可能會因為李美京的冷漠態度而受傷，但金得八反而覺得感激，多虧如此，他可以去上學，沒有人懷疑。他站在三年一班的教室前，為了即將到來的挑戰，調整了呼吸，深吸了一口氣後，推開了教室的門。

喀吱——

原本在教室裡聊天笑得很開心的學生們，在金得八推開門的時候，所有聲音戛然而止。教室裡一群一群分散的學生們，將目光投向了打開的門，當他們一確定不是班導進來，便也沒多注意金得八，繼續聊天。

已經建立關係的小團體，一點也不關心外來者。人少的小團體，對金得八表現出了些許關心，但是他們還只是在打量這張新面孔，評估他的階段。

「喔……」金得八有點驚慌失措，這種被冷落的感覺，他已經很久沒有經歷過了。

——要怎麼和那些毛還沒長齊的小屁孩變親近呢？

金得八承認自己太過小看這個情況，雖然讀過國小，但中途輟學，從未在新學期交過朋友，他所知道的社交方式，是鰻魚配燒酒，但遺憾的是，這裡是學校。

金得八意識到自己不能一直站在教室門口，於是走進了教室。他努力盡量不直愣愣地盯著其他人，只是走進教室裡就已經覺得自己的血液快要乾涸，彷彿壽命縮短了五年似

的，好不容易，他坐在第一排最後面的位子。

金得八口乾舌燥，不自覺地抖著雙腿，他並不是想偷看，但視線總是落在學生們身上。那些學生已經很熟了，每個小團體都開心地聊天玩樂，只有金得八像是局外人孤單地坐著。

這就是人群中的孤獨嗎？

他第一次深切地體會到這個以前無法理解的悖論。

金得八還在校門之外時，他以為一旦進入學校，就像拍攝一部青春電影一樣，可以度過一段美好的時光。但真的踏進學校後，一直處於緊張狀態。

他懷疑自己是否能夠和這些年齡相差很多的學生們相處融洽，甚至懷疑自己是否做錯選擇，不自覺地開始摳自己的指甲。

然而，金得八沒有因為現實的障礙而感到挫折，他活過的歲數並非徒勞，恰好前面有幾名學生坐著，他輕輕拍了拍前面女生的肩膀，觸摸別人家寶貝女兒的動作非常小心謹慎。那個女生正與朋友們愉快地聊天，覺得有點煩地轉過頭來，金得八被嚇得肩膀蜷縮。

「怎麼了？」

——這小女生脾氣還真大……

金得八勉強擠出笑容，嘴角微微抽搐。他覺得和男生們打打鬧鬧還簡單些，女人不管幾歲都很難應付，幸好她們年紀小，感覺不像女人，這讓金得八能夠假裝親切。

「同學。」

自以為用了一個親切的稱呼，但女生的表情變了。

「我不大清楚所以想問一下，座位是按照號碼順序坐嗎？」

女生和她那群朋友們的表情變得嚴肅，或者該說是努力忍住笑意，金得八也是有眼力的，意識到事情可能出了差錯，但幸好宋理獻的外貌頗受歡迎，並未當面受到羞辱。

一位肩上披著粉紅色毛毯的女生，把胳臂撐在金得八的桌子上，帶著好奇心托著下巴。金得八覺得不自在，將椅子稍微向後推，以保持適當的距離。

「座位還沒定，想坐哪就坐哪，不過，你是轉學生嗎？」

「喔？不是。」

金得八搖了搖頭。

宋理獻有這所學校的校服，他應該不是轉學生。

「是嗎？我從小學和國中都唸這個學區的學校，幾乎認識所有同年級的同學，但是我從沒見過你。」

「他之前可能在舊校區？」

「如果他之前在舊校區，那看到新校區的廁所肯定會昏倒。」

不知不覺，女生們都轉向金得八。她們之間的對話，讓他不覺得被排斥，也不覺得被納入其中，於是他露出了一個尷尬的微笑，他的眼神銳利如刀，但嘴角勉強擠出的笑容透露出他的緊張，這種反差反而引起了好感。

一個小女生直盯著金得八突然問道：「你叫什麼名字？」

「我嗎？」

金得八像在校門口那樣，笨拙地指了指自己，女生圓唇微張，點了點頭。

「我的名字是……」

咚咚！

突然的敲擊聲打斷了對話，聲音是由一位年輕的女老師發出的，她再次用點名簿拍打教室門，引起了大家的注意。

「各位同學，快坐下！」

原本轉過頭看著金得八的女生們也迅速坐好，在教室後面跑來跑去的學生們也吵吵鬧鬧地回到座位。當所有學生都坐好後，女教師在黑板上寫下自己的名字，然後扶著講臺。

「你們都知道我是誰吧？」

「知道——」

看來她是位頗受歡迎的老師，學生們發出一陣歡呼，只有金得八一人僵硬地坐著。等學生們安靜下來後，她進行了簡短的自我介紹：「那我就自我介紹一下，我是今年三年一班的班導鄭恩彩，我教英文，讓我們一起度過愉快的一年吧！」

她爽快地結束了介紹，學生們像是等著這一刻似的鼓起了掌。

金得八心想，這位年輕的女老師感覺教得不錯，人緣也很好，不明所以地跟著學生們拍起了手。

「你們彼此都認識吧？」

「是的！」

——不是的……

金得八心裡無聲地否定。

「雖然今天是開學第一天，我們來點個名吧！世暻也是我們班的，不過我讓他去跑腿辦點事……一號康宇民！」

坐在後排的男學生突然舉起手喊了一聲「有」，原來這就是點名回應的方式，他仔細觀察，等待自己的名字被叫到，似乎是從男生的號碼開始點名，男生們一個接一個地舉手喊有。當有姓宋的學生被叫到時，金得八都會緊張地準備舉手，手臂不由自主地顫抖，他擔心自己回應時會破音，清了清喉嚨。

「十二號宋……」

正在點名的女老師，眼神有些動搖，猶豫地張開了口，間隔地讀出名字：「理獻！」

「有！」

金得八很快就舉起了手，原本喧鬧的教室，突然安靜得像是被潑了冷水一樣，當他感覺到這異常的寧靜，四處張望時，像看恐怖電影那樣背脊發涼。

不只班導，班上所有同學都盯著金得八看。好幾對眼睛均衡得像是排列像星星一樣，眨也不眨地注視著他。

「……十三號李在根。」

直到班導生硬地喊了下一個號碼，學生們的視線才恢復正常。但表面上的喧鬧氛圍只是表象，學生們的注意力都集中在宋理獻的身上。

雖然教室裡不認識宋理獻的人很多，但沒有人不知道他是誰，不只是這個班，全校的學生都知道宋理獻的存在。

宋理獻，是全校皆知的出櫃同性戀者。

從高中入學那天起，宋理巘因為衣著邋遢和內向的性格，無法與人正常交談，私底下經常被排擠，因為被洪在民和他那群狐群狗黨的朋友欺負，成為同學們避開的對象，但讓他聲名大噪的是另一件事。

即使對多元性別的接受度不高，但是對十幾歲的學生來說，「同性戀者」這個抽象的概念還算是可以接受。

可是當一個同性戀者喜歡的對象被具體指明時，話題性就不同了，特別是像學生會會長、全校第一名等校園風雲人物。

喜歡崔世暻這種學校名人的謠言不脛而走，伴隨著現實的反感。

全校學生都很同情崔世暻，但對宋理巘則是避之唯恐不及。

也許是因為被排擠的關係，宋理巘寒假沒有來參加輔導課，雖然理由是出了車禍，但幾乎沒有人相信。

而且，讓宋理巘出櫃的元兇就在這個班級中。

「十六號崔世暻，去跑腿辦事了，十七號洪在民。」

坐在第四排，靠門口最後一個座位的黃頭髮少年舉起了手。

當學生們發現宋理巘、崔世暻、洪在民這三個人都在同一個班級裡時，他們的臉色都變得蒼白。

因為不想被洪在民那群人盯上，所以對受到霸凌的宋理巘視而不見，同時又擔心崔世暻會受到影響，所以沒有告訴老師，只有學生們自己知道，於是造成了現在這個局面。

因為學生們全都一問三不知，所以沒有老師對把三人安排在一個班級提出異議。

「洪在民，限你明天之前把頭髮染回來，好，那接下來點名女生。」

有一種風暴前夜的沉默籠罩著教室。在班導點名的過程中，學生們的目光一直在第一排最後一個座位和第四排最後一個座位之間來回移動——正襟危坐、專心聽著班導講話的宋理獻，和瞪大眼睛、咬牙切齒的洪在民。

學生們開始動腦筋。

如果在班裡處於最底層的宋理獻乖乖地當犧牲羔羊，洪在民那群傢伙就不會去打擾其他學生，高二那年就是如此，這樣他們可以比較安靜地集中精力準備大學考試。

問題是現在剪了栗子頭的宋理獻，看起來並不像會乖乖當犧牲羔羊。

如果宋理獻反抗，他可能會再次成為洪在民跟班，不然就是洪在民可能會再找新的欺負對象，後者的情況學生們要特別小心，避免成為新的目標。還好崔世暻在這個班，情況可能會好一些，應該能夠維持教室的和平，不讓專心唸書的學生們受到干擾。

就算是洪在民，面對崔世暻也會收斂一些。

「今天開始正常上課，不要有不切實際的期望。」

「啊——」

學生們發出了抱怨的聲音，班導伸開雙臂，一副無奈的樣子。

「同學啊，你們是高三學生啊！」

「嗚——」

「大家第一節課要好好地上，不要打瞌睡。有問題可以問其他老師，放學之前在教室集合！我們班的臨時班長是世暻，敬禮就省略了吧！」班導輕鬆地無視學生們的嘲笑，收

拾好點名簿離開了教室。

她才剛走，學生們就起身急忙走向儲物櫃，等班導走向樓梯、幾乎聽不見教室裡的嘈雜聲的時候，洪在民踢飛桌子後站了起來。

噹啷！

桌子撞到前面的空椅子，倒下的鐵製桌椅的腳纏在一起，洪在民再次踢飛纏在一起的桌椅。

周圍的學生們嚇得往後退，那惡劣的氛圍，讓教室裡的學生們都皺起了眉頭，洪在民卻一點也不在乎，任性地發洩著自己的怒氣。

他踢飛所有阻礙他的東西，走向第一排的最後一個座位。

「喂，宋理巘，你這個瘋子，是你嗎？」

「……」

宋理巘低著頭，看著飛到自己腳邊的椅子。果然如此，就算頭髮剪短，性格也不會有任何改變，和二年級的時候一樣，宋理巘就像是被貓抓住的老鼠，在宋理巘和洪在民附近圍成一圈的學生們鬆了一口氣，但又覺得有點煩燥。

至少自己不會成為洪在民的目標，這讓他們鬆一口氣，但是不得不目睹強者欺凌弱者的場景也使他們覺得煩燥，還有如同喉嚨卡到魚刺般旁觀者的不適感。

就在大家以為宋理巘會嚇得縮成一團時，他慢慢抬起了頭。

懦弱的、壓抑的、愚蠢的宋理巘，他陰暗的臉上似乎貼了這些限定的形容詞。

去年，他晃動過長的瀏海，顫抖著尋求幫助的模樣，和現在的栗子頭樣子重疊了。

但是，現在他那茂密的長瀏海已經不見了，一名學生在走廊裡徘徊，猶豫是否該通知老師，看到宋理巘後倒吸了一口氣。

短短的頭髮凌亂地延伸開來，露出線條很美的額頭，筆直的眉毛和尖尖的鼻頭，在沒有一點暇疵的皮膚上五官顯得格外精細，外表看起來雖然柔弱，但眼神卻充滿了強烈的欲望，似乎想要吞噬對方。

宋理巘完全露出了整張臉。

「原來是你！在民啊。」

令人驚訝的是，宋理巘滿懷喜悅地笑著。

第三章

當初你跟我告白的時候，都不敢正眼看我

擔任三年一班班導的鄭恩彩，對於學生們的問候從不敷衍了事，當她下樓要回到三樓的教務處，在階梯遇到一名男學生向她鞠躬問好時，鄭恩彩提高了聲調，熱情地叫了學生的名字。

「老師好。」

「朴恩成！放寒假的時候有好好唸書嗎？沒見你一段時間，你氣色看起來好多了。」

朴恩成是個身材像熊，個子很高的學生，但鄭恩彩卻像對待小孩子般對待他，她拍了拍那個比自己肩膀還要高的肩膀。才到任沒幾年，她是一位開朗和熱情的老師，費心地記住學生們的名字，即便不能解決他們的問題，也會努力傾聽並認同。

她的熱情和挑戰意識都很驚人，學校特別指派外，這位年輕的老師也自己主動申請擔任高三班級的班導。她主要教學的科目是英文，在學生之間有良好的評價，因此鄭恩彩成為了今年三年一班的班導，然而，還來不及高興，她才當上班導就迎來首個任務。

「我是宋理獻同學的監護人，李美京。」

新學期開始的前一天，有一位優雅的中年女性來找鄭恩彩，她穿著套裝並將頭髮盤起，將自己與宋理獻的關係定義為「監護人」，從這種態度可以看出，她不想涉入私事，也直截了當地進入正題，告知宋理獻不是發生車禍，而是自己從天橋上跳下來的。

這不是諮詢，更像是通知，李美京沒有再多說什麼就離開了。

鄭恩彩那個時候還不知道宋理獻是誰，也沒想到監護人通知完就走了，她困惑到在學校諮詢室坐了好一會兒。

自己從天橋跳下去，就這樣嗎？家裡是怎麼照顧的？鄭恩彩試著打電話詢問，但是李

美京的態度始終如一，她回答鄭恩彩，說可以裝作不知道，由此可知宋理巚的家庭狀況並不正常，就算進一步追問也無濟於事。

鄭恩彩尋找其他解決方法，幸好學生們很聽她的話，而且宋理巚的同年級中，有些與她關係良好的學生。

新學期的前一天，她打著升學諮詢的名義，把來學校自習的學生們叫來，詢問宋理巚的事，每個學生都在不同的時間，進行了一對一的面談，對宋理巚的評價大致相同。

至少在老師面前，學生們都表示宋理巚是一個安靜且膽小的人。

但這些並不足以解釋他為什麼會從天橋上跳下來，難道真的是家庭環境出了問題嗎？當她陷入沉思時，一位女學生彷彿害怕會被報復似的，支支吾吾地悄悄說了一些話：「洪在民他們一直在霸凌宋理巚。」

鄭恩彩也知道洪在民那群惡劣的不良少年，因為他們是造成學年主任罹患壓力性脫髮的罪魁禍首。

這時才找到宋理巚從天橋跳下來的原因。鄭恩彩揉了一下太陽穴，根據她所聽到的，私底下受到校園暴力的宋理巚，對此感到悲觀地選擇從天橋一躍而下。

不過，最大的問題是，霸凌仍在持續進行。

她手裡拿著三年一班的點名簿，裡面有宋理巚和洪在民的名字。除非洪在民因為宋理巚從天橋跳下來的事情感到衝擊並徹底改變，否則霸凌行為將會繼續。

那麼洪在民改過向善的可能性有多大呢？這個問題，學年主任給了明確的答案。

——改過向善？因為他那個傢伙，我掉的頭髮重新長出來的可能性還比較大呢。

鄭恩彩沒有想到什麼解決方法。

將受害者和加害者放在同一個空間，怎麼樣才能確保受害者能夠順利融入學生中並受到保護呢？

她一邊敲著桌子，一邊苦惱著，最後決定重新打開點名簿，回到問題的起點。

雖然宋理巘受到洪在民霸凌的事情未被公開，所以導致他們被分到同一個班級，但現在既然已經知道了，那麼分開他們才是正確的做法。不過，鄭恩彩也明白，若想把他們分開，就必須在教務會議上揭露宋理巘所遭受的校園暴力。

能夠說出宋理巘遭受了何種暴力的人，只有宋理巘本人，由於對加害者們不利，他們自然會保持沉默，而且也很難從宋理巘的監護人那裡獲得幫助。

因為校園暴力而做出極端選擇的宋理巘，要求他揭露所受的霸凌，這不僅是揭開傷口，更像是在傷口上撒鹽，鄭恩彩扶著額頭，無法確定這個做法是否正確。

宋理巘所遭受的校園暴力，連老師們都不知道，學生們都三緘其口，鄭恩彩不能貿然讓這個問題浮出水面。

宋理巘的意見最為重要，對於即將重返學校的學生，不能再次因為校園暴力而受到二次傷害。

首先，鄭恩彩需要和宋理巘進行一次認真的諮詢，班上的問題可以之後解決，但當務之急是，在那之前需要有人在課堂上阻止洪在民繼續騷擾宋理巘。

當她用拇指滑過按筆劃順序排列的名單時，她發現了第三個人的名字，在宋理巘和洪在民之間的名字——崔世暻。

崔世暻聰明、成熟，有禮貌又親切，是學生們的榜樣。

因此，鄭恩彩才會想到拜託崔世暻幫忙。

但這裡有一件有趣的事值得一提，鄭恩彩諮詢了五名學生，沒有一個人透露宋理獻是同性戀的事實。他們並不是為了保護宋理獻，而是為了避免對崔世暻造成傷害，雖然沒有約好，但五名學生都保持了沉默，所以鄭恩彩不知道宋理獻喜歡崔世暻。

喜歡的人目睹自己遭受校園霸凌，這對宋理獻來說是極大的羞辱，他一直提心吊膽，害怕崔世暻會撞見他被欺負的場面，但沒有人知道他的心情。

「世暻啊！」她在辦公室外面，遇見了正要離開的崔世暻，便叫住了他。

一個個子很高的學生轉過頭來，他不只是身高很高，整個身體的比例非常協調，給人一種穩定而強壯的印象。

他以那介於少年和青年之間的外貌溫和地俯視著鄭恩彩，平穩又低沉的聲音，柔和又帶有分量：「您找我嗎？」

那雙彎成半月形的眼睛，沒半點晃動地與她對視，他明明比鄭恩彩年輕十歲，但她仍感到頸後微微發熱。

「文件我已經放在老師的桌子上了。」

假裝沒有看到鄭恩彩頸後熱度的崔世暻轉移了話題。鄭恩彩也試圖掩飾尷尬的氣氛，一邊撫摸著自己的頸後，轉移了視線，然後，她偶然發現了崔世暻手腕上的手錶，認出了那只手錶價格相當於她一個月的薪水，驚訝之餘，臉上的熱度也消退了。

「世暻，能跟你聊一下嗎？」

「好。」

「等一下，第一節課馬上就要開始了。我們邊走邊說吧！我先去拿一下課本。」

崔世暻點頭同意，等鄭恩彩匆忙地收拾英文課本和講義，然後幫她打開了辦公室的門。他接過鄭恩彩手中的講義，跟在她後面走，透過敞開著的窗戶，可以聽到學校福利社裡喧鬧的聲音。

「嗯嗯，我們班有個叫宋理巚的學生，你認識他嗎？」

「啊……認識。」

崔世暻想到了那個傳聞中喜歡自己的男學生，他原本保持的溫暖微笑，瞬間變得僵硬，但很快又恢復了原狀。

「理巚他在寒假出了一點事故……嗯，這個問題有點敏感，他好像和其他同學有些摩擦，但是今年他和那個起了衝突的同學，分到了同一個班……你也認識吧？洪在民。」鄭恩彩試著避免直接提到「校園暴力」以免傷害宋理巚，因此話說得有點沒條理，「理巚沒有做錯什麼，洪在民一直對他很粗暴。你知道吧？洪在民有點……暴力傾向，所以理巚受到了很多傷害……因為傷害太大，讓他在寒假做了一些不好的事。」

幸好崔世暻對情況有所了解，能夠猜到她想要表達的意思，「他是因為這樣才沒來上輔導課啊。」

「嗯嗯，你知道啊……」

崔世暻的反應很冷靜，他成熟的態度讓鄭恩彩覺得可靠。她考慮是否該告訴他宋理巚從天橋跳下來的事情，這時他們已經走到了走廊的盡頭。

轉過拐角上樓時，從福利社傳來的聲音逐漸變小，窗外可以看到現在已經不使用的焚化場的屋頂，但因為那裡曾經是學校的丟垃圾地方，惡臭仍然存在，所以學生們不大會去那裡。

和吵鬧的福利社不同，靠近焚化場這一側的樓梯相對安靜，腳步聲在階梯上迴蕩著。

看來不提宋理巘從天橋跳下來的事情是對的，畢竟崔世暻還未成年，下定決心的鄭恩彩不再拐彎抹角，直接提出了她的請求：「所以，理巘和在民之間有一些問題需要解決，可能需要一些時間，畢竟理巘的意見是最重要的，不能倉促。這段期間，世暻能不能多照顧一下理巘？真的很抱歉拜託你做這種事，但好像只有你才能阻止洪在民接近理巘，當然，老師我也會一直注意的。」

「……」

但是，崔世暻卻拉開了距離，靠向窗戶那邊，拉開物理性距離的行為，看起來像是拒絕，鄭恩彩急忙解釋宋理巘不是壞孩子。

「老師了解過理巘的情況，他只是太軟弱、容易害羞，而且身體不大好，不大能和同學們打成一片。因為太善良了，就算心裡有什麼委屈，也只是默默承受，他甚至連一隻小蟲子都不敢殺死……」

「那個人不就是宋理巘嗎？」一直默默聆聽的崔世暻突然指向窗外。

「什麼？」

鄭恩彩推開崔世暻靠近窗戶查看，底下是廢棄焚化場前方的空地，也是學生們圍成一圈的地方，洪在民被宋理巘一拳打倒，在地上打滾。

宋理巘就讀的高中分成舊館和新館，老舊的舊館主要是一、二年級的學生使用，新蓋的新館則是三年級學生使用。在注音符號「ㄈ」字母的建築物中央有一塊空地，上面有一個以貨櫃改造的福利社，所以建築物的中央總是人來人往。

帶頭的洪在民為了不被老師發現，繞著學校建築的邊緣走了一圈，荒涼且陰暗的小路和有福利社的建築物中心形成了鮮明對比。

金得八趁被拖走的時候，熟悉了學校的地理環境，洪在民和他的朋友們扣住了金得八的雙臂，以防止他逃跑，但對金得八來說，這不過是挽著手臂的程度，並不構成威脅。他們的手臂纏繞在一起，那些未完全發育的肌肉努力繃緊，看起來挺有趣的。

在被拖走的途中，金得八還心想：他們帶我參觀學校呢！

宋理巘似乎忘了害怕為何，竟然還直接笑出來，這讓洪在民那群不良少年不滿地嘲諷道：「你在笑？笑什麼笑？」

他們到達焚化場後，粗暴地將宋理巘推了出去，像丟東西似的用力推了他的雙臂。宋理巘纖細的身體蹣跚地在分類回收的保特瓶堆上摔倒，大約七、八個洪在民的嘍囉們，像趕羊一樣逼近宋理巘，縮短了他們之間的距離。

「聽說你出了車禍，腦袋也撞壞了嗎？你這傢伙真的變成白癡了。」

「你怎麼知道的？我是頭先著地的。」被推倒的宋理巘笑著回應，這讓洪在民那群人感覺到不同於以往的異樣。

焚化場這個地方，通常是他們用來施行私刑的場所，寒假期間宋理巘沒有來學校，所以暫時忘記了，想當初只要有要被帶到這裡的跡象，宋理巘就會像是急著上廁所的小狗一樣坐立難安。

本來應該在這種情況下極度恐慌的宋理巘，卻悠閒地站起來，拍去膝蓋上的灰塵，他整理了外套的皺褶，轉動肩膀放鬆肌肉，然後偏斜地抬起頭來。

他閃爍著光芒的眼睛，掃過洪在民那群不良少年。

「謝啦，朋友。多虧了你，我才會傷了腦袋，感覺清醒多了。」

實際上，宋理巘從天橋跳下來，是否真的頭先著地不得而知，因為金得八最後看到的宋理巘，是從卡車上滾落下來的。

但對金得八來說，最後看到宋理巘的畫面，就像釘子一樣深深地刺入了他的靈魂，深埋其中，無法拔出，持續帶來痛苦。

當在日常生活中發現宋理巘的痕跡時，金得八就會感到釘子刺入的地方隱隱作痛。這種持續的痛楚，讓金得八融入其中，他開始將宋理巘遭受的委曲當作自己的經歷，完全沒有看在他們還未成年的份上，而有放過他們的雅量。

金得八將手插進褲袋，慢慢地走著，從他那輕佻的步伐中，可以感受到堅強意志，例如想要把洪在民徹底碾碎、連骨頭碎片都不留下的那種憤怒。

那憤怒不是不良少年的玩樂中，會見到的虛有其表的威脅或裝腔作勢。

宋理巘的憤怒是就算他用刀子刺傷人也不會覺得奇怪的眼神，圍繞他的不良少年們不由自主地吞了吞口水。

雖然有人覺得宋理巘瘋了，但氣氛很不尋常，他們不敢輕舉妄動。

宋理巘走到距離洪在民的胸口只有一步之遙時停了下來，他低下頭，由於身高差，他的額頭撞到了洪在民的肩膀。宋理巘不只停在那裡，還用額頭一下又一下地推著洪在民的肩膀，這很明顯是挑釁，然而，洪在民無法阻止宋理巘，只能皺起眉頭。

不單是因為他用頭挑釁，而是他像是一個戴著宋理巘面具的其他人，除此之外，無法解釋這種陌生又令人倍感威脅的氛圍。

「喂。」

宋理巘靠著洪在民的肩膀喊了一聲：「是你推的吧！」

他那既不是疑問句，也沒有高低聲的語氣，讓人難以分辨是提問還是單純告知。

「……幹，你在說什麼鬼話？」洪在民不願承認自己感到畏縮，故意爆粗口掩飾。

宋理巘只是個挨打後會尿褲子的窩囊廢，只因為對方稍微占了點上風就感到慌張，這完全說不通，他自己也難以解釋這種緊張感。

洪在民試圖擺脫宋理巘，但宋理巘卻將重量壓在他的身上，洪在民不悅地低下頭，兩人對視了，距離近到能看到對方臉上細小的汗毛。洪在民內心讚嘆對方濃密的睫毛，當他發現宋理巘一動也不動地盯著他的眼睛時，他全身僵硬了。

他的眼睛清澈，似乎能看透人心，毛骨悚然地緊盯著對方。

宋理巘張開了嘴，從那黑暗的洞穴中呼出的熱氣，撩撥著洪在民的頸子。

「從天橋跳下去了。」

話中沒有提到誰跳下去了，但所有人都知道是在指誰，只有一個人會跳下去。

洪在民僵硬地摸了摸自己的頸部，就算用力到好像要在頸部留下抓痕，那撩撥著頸部的呼吸仍然沒有消失。

感覺喉嚨被勒住的洪在民，胸膛緊繃地深吸了一口氣。

「是你自己……跳下去的，幹麼找我麻煩。」

「你欺負人到那種程度，就跟你推的一樣，沒有差別。」

為了清楚地告訴他是誰殺的，金得八稍微轉動了額頭，把宋理獻的臉展現給他看，斬釘截鐵地讓他完全無法否認。

「是你殺的，在民啊。」

無論是被火化的金得八的肉體，還是不知去向的宋理獻的靈魂。

「是你殺的。」

在他低聲的呵斥下，受到驚嚇的洪在民皺起了眉頭。

「是你自己太軟弱才摔下去的，幹麼怪我！」

洪在民否認著，粗暴地推開宋理獻，並試圖抓住宋理獻的衣領，但宋理獻的動作更快，迅雷不及掩耳地抓住了洪在民的衣領用力拉扯。

事情發生得太快，洪在民只能被緊勒脖子的領口拉著走。

對高中生來說，也許被指責為殺人犯太過難以承受，從衣領傳來了顫抖。

金得八低下頭，發現洪在民強行緊握的拳頭也微微發抖著，他努力張大的眼睛和緊咬的下巴，讓人覺得可憐。

「怕什麼。」金得八感覺肺部空氣像被掏空似的發出了乾笑，看到年輕傢伙臉色發白，全身發抖，他的鬥志減弱了，但又突然感到說教沒什麼意義，這些臭小子，就算說再多也沒用，打才有用。

金得八放開了洪在民的衣領，脫下了自己的外套。

毫不遲疑跑過來攙扶洪在民的混混們屏住呼吸，打量著宋理獻。

把外套丟在保特瓶堆上，鬆了鬆脖子，宋理獻這時的模樣不再有之前的沉重感。

「快點，我還要上課呢。」他一臉不耐煩，揮了揮手似乎在挑釁他們，這才讓洪在民那群混混忿忿不平。竟然讓宋理獻這個蠢貨占了上風，真是笨蛋，這種遲來的羞恥感在他們的皮膚下蔓延。

「那個該死的傢伙……」

他們的言行比平常還要誇張，就像在獵食者面前急於壯大的獵物一樣。

宋理獻捲起袖子，露出狡猾的笑容，故意把下巴微抬到方便挨打的角度說道：「來啊，打我啊，和小孩子打沒有面子，我讓你先打。」

「這傢伙是吃了熊心豹子膽嗎！」

洪在民那群傢伙中一個小混混以先鋒之姿衝上前去，但很快就被抓住肩膀甩到一邊，換洪在民衝上來，揮舞著拳頭，他用那爆青筋的拳頭猛打宋理獻的臉。

拳頭發出不尋常的打擊聲，宋理獻的下巴歪了，洪在民的拳頭變紅，發出呼哧呼哧的喘息聲。

如果是以前的宋理獻，這一拳足以讓他在地上打滾，但現在的宋理獻卻站立不動。宋理獻摸了摸歪掉的下巴，朝地下吐了口水，「呸！」

他的嘴裡裂開，吐了一大口濃稠的鮮血，他用拇指擦去嘴角的血跡，被血染的嘴唇閃爍著紅光，他的眼神清澈而銳利，視線仍然固定在洪在民身上，撇了撇嘴冷聲道：「拳頭不錯嘛。」

「……」

又來了，像是有人戴了宋理獻的面具。洪在民那群不良少年再次感到不寒而慄，他們很難將這個人和他們認識的宋理獻看作是同一個人。

宋理獻的身體本來就比較虛弱，就算是小小的撞擊也很容易會出血，相同的傷口也會感到比別人更多的疼痛，因此原來的宋理獻討厭疼痛，很害怕受傷，有時大家甚至會因為他太誇張，而被認為是在裝模作樣。

金得八用舌頭粗暴地確認嘴裡的傷口，改變的只有靈魂，身體還是原來的宋理獻，因此他感受到的疼痛和宋理獻一樣，但金得八沒有被疼痛左右。

可笑的是，金得八赤手空拳在黑社會打混多年，晉升至幫派組織的高層，竟然被不良少年的拳頭打到覺得痛，但金得八還沒有傻到會因為疼痛而哀號。

「你、你是誰！」毫不知情的洪在民突然大喊大叫。

金得八往前一步，一邊放鬆身體，一邊將襯衫的下襬從寬鬆的針織衫拉了出來，

「我？宋理獻。」

「別開玩笑了！那傢伙應該哭著乖乖地被打才正常，咳……」

「你話太多了，在民啊。」

金得八的拳頭猛擊洪在民的胸口，雖然小，但骨頭突出的拳頭準確地擊中了目標。洪

在民抱著腰乾嘔，這只是開始，老大一被打，其他傢伙也失去理智，全部蜂擁而上。

「媽的，幹，給我打！」

就像每次說話的時候，加上那些不必要的髒話一樣，洪在民的那群不良少年也一樣是廢物，他們動作緩作，愛裝模作樣，只是力氣大而已，簡單說就是烏合之眾。金得八用四個字定義了衝上來的不良少年們，然後揮動了拳頭。

「哎喲！」

經驗老道的拳頭老練又狠辣，出拳時主攻要害，宋理巘的嬌嫩皮膚禁不住猛烈打擊，很快，拳頭上就布滿了血跡，但金得八沒有猶豫或放慢速度。

宋理巘用腳絆倒了一個傢伙，以他的腹部為跳板跳了起來，對衝過來的人猛踢胸口，並用拳頭正面猛擊了對方。

十幾歲的身體輕盈又敏捷，讓金得八得以隨心所欲地行動。

「幹！」

一個體型像熊一樣巨大的傢伙，從後面撲向宋理巘。金得八察覺到頭頂的陰影，立刻降低了身體的重心，試圖抓住對方的手臂，然後將他摔到背後。腦海中這個動作的模擬是完美的，事實上也抓到對方的手臂了，不過，問題在於金得八尚未完全適應宋理巘瘦弱的身體。

「唔！」

那壓在肩上的巨大重量，讓金得八瞪大了雙眼，如果是他原本壯碩的身體，過肩摔這個塊頭大的男學生一點也不難，但是現在的身體是宋理巘虛弱的身體，要過肩摔一個體型

接近他兩倍的傢伙幾乎是不可能的。

被抓住手臂的男學生，看到被壓在下面的宋理獻無法動彈，甚至全身發抖，他感到無比喜悅。

他壓上全身的重量，壓迫著宋理獻，然後大聲喊叫：「我抓到了！」

被金得八打倒的傢伙們一湧而上，塊頭大的男學生從宋理獻的背後壓制他的雙臂，將他扶起。宋理獻大口喘著氣，瞪大了眼睛，他扭動著上身，試圖掙脫被緊緊抓住的雙臂，但只是白費力氣。

「讓開。」

洪在民推開擁上的傢伙們，聲音帶著凶狠的氣息，他的手中拿著一根木棍，似乎是從焚化場撿來的，洪在民緊抓著拖在地上的木棍，像握著棒球棒那樣，他的目標是宋理獻的頭部。

「你如果不想被打，就給我抓牢一點。」

感到束縛自己的男學生吞了吞口水，身體變得僵硬，金得八嘴角帶著嘲諷的笑意，冷眼盯著洪在民。

「你這傢伙，年紀輕輕淨學些壞東西。」

「學什麼大人呀，你這個混蛋。」洪在民舉起了木棍。

當木棍高舉於天空，背後是太陽，形成了一個黑色的棒狀影子。

宋理獻也抬起了頭，陽光太過刺眼，他睜著矇矓的雙眼，緊盯著木棍。

「呼——你死定了。」

洪在民深吸一口氣，揮動了木棍。當木棍揮到一半時，宋理巘突然猛踹地，彈力讓他的長腿向前伸展，因為背後被牢牢固定，宋理巘將全身的重量都壓在腳上，猛力一踹，被踹中胸口的洪在民，向後滾去。

「咳咳！」

「在民啊！」

驚慌失措的學生們呼喊著洪在民的名字，抓住宋理巘的大塊頭也一樣。宋理巘迅速以後腦杓猛擊大塊頭的臉部，後腦發出嗡地一聲。

「哎喲！」大塊頭捂著沾滿血跡的鼻子倒下了。

宋理巘快速地跳了出去，穿過圍在洪在民旁邊不知所措的不良少年們。

當洪在民試圖站起來時，宋理巘又一次揮出了拳頭，就在洪在民無聲地倒下時，上方響起了聲調很高的警告聲：「那裡！你們在做什麼？馬上給我停止！」

鄭恩彩靠在樓上窗邊，急切地大聲喊叫。

在鄭恩彩趕往焚化場的途中，洪在民那群不良少年之所以沒有逃跑，是因為覺得太委屈。俗話說「人是感情的動物」，他們忘記了過去欺負宋理巘的事情，只因為今天被打得委屈，所以留在被打的地方，怨聲連連。

雖然自己也有錯，但他們無法忍受一起打架的宋理巘能安然無恙地度過這場危機，所

以一起等著受罰。

「哎呀，該死……」

在等待期間，洪在民他們不停地飆髒話和吐口水。

宋理獻不同於那些為了守護最後自尊心而裝強的孩子，冷靜地整理自己的衣著，他穿上外套，習慣性地摸了摸口袋。

「呼——」

金得八發現口袋是空的，沒有香菸，打架這事不小心讓老師發現，不知道會不會給原來的宋理獻帶來麻煩，金得八感到心亂，發現沒有菸時嘆了一口氣，用手指左右掠了掠髮絲，弄亂了頭髮。

沒有說髒話，也沒有發脾氣，只有露出不安的身體動作。儘管如此，洪在民他們還是很在意宋理獻的反應，一時間氣氛變得尷尬，一直到鄭恩彩趕到之前，焚化場陷入了沉默，就像無聲的呼喊。在一片寂靜中，洪在民他們只忙於怒視著宋理獻。

「你們！」不久後，一隻白皙的手扶著建築物的角落，鄭恩彩快速跳了出來。她似乎全力疾跑了一小段距離，腿快無力時，跟在後面的崔世暻扶著她。比鄭恩彩高出一個頭的崔世暻，眨著天真無邪的大眼睛，不明白這裡發生了什麼事。

崔世暻臉上露出驚訝的表情，他微微下垂的眼睛，此刻卻睜得像大鈴鐺一樣，仔細地觀察著血跡斑斑的現場。猛一看，他似乎是出於關心受害學生的典型反應，同時，他的態度也明確地表明自己與校園暴力無關。

但保持著距離的崔世暻，在確認焚化場裡的臉孔時，顯得有些動搖。他原本以為被洪在民一夥包圍的是宋理獻，但眼前的學生其實是他在寒假期間在書店遇到的那個男生。長出粗硬短髮的栗子頭，雖然淡化了他稚嫩的形象，但是看起來還是很年輕，銳利的眼神令人想要撫摸，他確實就是那次在書店遇到的那個男生。

已經是第二次了，崔世暻將那個男生誤認為是宋理獻。

「你們，究竟怎麼回事？誰說在學校裡可以打架的！」柔弱的女老師用力地喊叫，但並沒有威脅到任何人。

坐在地上的學生們不情願地慢慢站起來，拍拍屁股，只有金得八把手從褲子口袋拿出來，恭敬地彎腰行禮。

「老師，您來了。」

「瘋子，他為什麼這樣？」洪在民他們在太陽穴旋轉食指，意指他瘋了。

金得八回頭看了他們一眼。他們因為傷口疼痛，而稍微垂下了眼睛，洪在民一夥人害怕的並不是金得八打架打得好。

沒錯，他們的確單方面被金得八打，但讓洪在民他們真正害怕的是其他事情。即使皮膚都裂開，鮮紅的肌肉暴露出來，宋理獻還是保持著打擊的強度，這只能用瘋子來解釋，就算流了血也不知道痛，持續戰鬥的狂氣，讓洪在民他們退縮了。

這場打鬥，對於本身被視為下一代老大的金得八來說，算是弱了點，但是這在十幾歲青少年之間，卻造成了打破固定觀念的震撼，不知道寒假期間發生了什麼事，但以前的宋理獻已不復存在，他變了。

過去兩年中，洪在民他們對宋理獻累積的固定觀念已經動搖，之前威脅他，如果將霸

凌一事揭露將不會放過他，他們猜威脅可能不再有效。果不其然，宋理巘雙手整齊地放在前面，對鄭恩彩鞠躬表示尊敬，那個在打架時帶著嘲笑和諷刺的嘴唇，此時顯得恭敬。

「老師，我怕您誤會跟您報告一下，是他們先開始的，我只是在正當防衛。」

「是你叫我們先打的！」因為被打到無法好好還手而感到羞愧的洪在民，看著其他地方，突然插嘴指控宋理巘說謊，但是金得八根本沒有在聽。

「您有看到他們有七個人嗎？我一個人而已。他們利用人數優勢，製造恐懼，這是一種低劣的特殊暴力行為。十九歲的話，會受到刑事處罰，這次的事不能輕易放過。」

金得八運用他在警察局進進出出時，隨意學到的法律知識進行解釋，他說的並不是什麼專業的內容，試圖將洪在民他們塑造成加害者，而自己則可以脫身。

明明是大家一起打架，但是當宋理巘打算脫罪時，洪在民感到非常委屈，幾乎快要氣炸了。

「你沒看到我被打嗎？你打得更凶，混蛋！」

人數優勢有什麼用，雖然有七個人，但只有被打的份。

洪在民試圖展示被踢到的胸口，用力撕扯自己的襯衫，從他呼吸困難的樣子，他的肋骨似乎已經斷了。如果鄭恩彩老師看到了胸口上明顯的腳印，她就不可能再站在宋理巘那邊了。

被撕扯的校服襯衫鈕扣脫落，彈到了宋理巘的臉上，宋理巘用手背擦了擦臉頰，留下了一道血痕，手背上裂開的皮膚已經結痂，現在又被扯開，血又流了出來。金得八毫不在意流血的手指，隨意地抖落。

「在民啊。」語氣雖然像對待老師一樣有禮貌，但其中夾雜著明顯的反感。

洪在民在脫掉塞在襯衫裡的白色T恤時臉被遮住，這時聽到自己的名字，他僵住了，現在只要聽到有人喊「在民啊」就足以讓他神經病發作了。

「如果我以牙還牙，照你霸凌我的程度報仇的話，那你現在早就躺在這裡了。」

他的發言指出了過去的事情，為當下的情況賦予了合理性，這種彷彿在說只是這點小事就大驚小怪的輕蔑，使洪在民他們感到羞恥，脖子都熱了起來。在後面目睹這一切的崔世暻覺得有趣，眼中閃過一絲光芒。

這時，鄭恩彩才突然回過神來。據她所知，宋理巚是受害者，她也清楚知道洪在民他們的惡劣行為，但現在看到宋理巚表現得如此鎮定，而洪在民等人明顯被壓制，她開始懷疑自己是否誤解了情況。

鄭恩彩想了想，如果宋理巚曾經痛苦到要從天橋跳下來、如果他在醫院住了兩個月，有時間去思考，那麼他剃頭和學會使用暴力，可能是他想要改變的表現。

她對於沒能理解宋理巚的心情，只是懷疑他而感到抱歉。

就一個校園暴力的受害者來說，決定反抗加害者並不容易，她不但沒有給予支持，反而只知道要責備他，作為一名老師，她感到自己資格不足，覺得很內疚。

「……你們全部都跟我去教務處。」鄭恩彩以沙啞的聲音嚴肅地命令。

在宋理巚的指責下，洪在民他們暫時也收起了反抗的態度。當他們準備到教務室時，一直保持沉默的崔世暻插了進來。

他那勻稱又高大的身材一站出來，非常有存在感。

「老師。」

連洪在民他們都得退讓的崔世暻，如傳聞鄭恩彩讓崔世暻介入那群孩子，他們也沒有提出任何異議，顯然孩子的眼光和大人一樣，他們對崔世暻都敬畏三分。

很神奇地，他們能夠察覺到宋理巘心裡的不安，在家被排斥，因此才會認定宋理巘為校園暴力的受害者。他們才不會隨便去挑釁身穿昂貴衣物，散發安定感的崔世暻。

在大家的注目之下，崔世暻輕鬆微笑回應，這種態度也讓人不敢輕易對他無禮。

身材高䠷的崔世暻站著擋住太陽，金得八微微抬起下巴，起初有些反感崔世暻一直靠近，但隨後認出了他的臉孔，想起了書店的那次相遇，不由得心生歡喜，伸出了右手。

崔世暻拿出手帕，包紮了宋理巘的右手。

當宋理巘的手突然蜷縮時，崔世暻緊緊抓住，然後向鄭恩彩尋求許可。

「我們先去保健室吧。」

宋理巘揮拳時使用的右手上，沾滿了血跡。

⁂

保健室位於一樓走廊的盡頭，對學校地理位置不熟悉的金得八，跟隨崔世暻的步伐。

男子漢大丈夫竟然隨身攜帶手帕，讓人真難為情。

金得八將包著格紋手帕的右手放到鼻子下聞了聞，血腥味中帶著淡淡的香味，衣物柔軟精、身體乳液和護膚品的香味混在一起，形成了一種無法描述的香氣。

然而，對於一個不懂保濕，只會用黃瓜肥皂洗臉的金得八來說，任何好聞的味道都是香水。

金得八想起他的手下中，有些特別喜歡追求女性，他們經常會在手帕噴上香水然後隨身攜帶。他猜想崔世暻可能也對女性特別感興趣，於是金得八對崔世暻有了新的評價。

不知道是不是側目注意到金得八在看他，原本向前走的崔世暻轉過頭來，用微笑回應。金得八在書店也有相同的感覺，這個長相俊俏的傢伙，性格也相當不錯。

「真巧，在這裡又遇見了，很高興見到你。」為了打破尷尬的沉默，金得八輕拍了崔世暻的手臂和他搭話。

在書店偶遇的高中生，和他就讀同一間學校的機率有多大呢？首爾這個地方看似很大，其實相當狹小，想到今後可以問崔世暻關於學校的事，就讓金得八感到很放心。

然而，崔世暻的笑容卻僵住了，他抬起眉毛，用深沉的目光凝視著金得八，讓人感到不安。金得八擔心自己是否露餡了。

崔世暻探查般地審視著金得八，確定金得八是真心的，才接受了他的問候。

「……是啊，很高興見到你。」

不知不覺間，他們來到了保健室，對話就此中斷。推開門時，可以聽到操場上奔跑的學生們的喊叫聲，正時大時小地從敞開的窗戶傳進來。

「老師不在。」先進入的崔世暻，看了一下隔間的那一邊，然後走向病床的內側，當他回到門口時，發現宋理巘已經坐在椅子上，自己進行急救處理。

被血弄髒的手帕放在急救箱旁邊，宋理巘用一隻手拿消毒藥水，準備往自己的右手背

上倒，崔世暻見狀便快步走了過去。

「我來幫你。」崔世暻接過消毒藥水，坐在對面的椅子上，然後握住宋理獻的右手，倒了消毒藥水，無色的消毒藥水在滿是血跡的手背上擴散開來，散發它特有的刺鼻味道。

「哎喲，你輕一點。」宋理獻一直表現得好像沒受傷一樣，但在消毒的時候，終於皺起了眉頭。崔世暻用鑷子夾著棉花，輕輕地擦拭著傷口，發出了笑聲。

「笑什麼？」金得八一臉不悅地問道。

有人痛得要死，但有人卻在旁邊輕鬆自在地笑，他對這種行為感到不悅。

「啊，抱歉。我只是擔心你感覺不到疼痛。」崔世暻沒有試圖隱藏他微微上揚的嘴角，重新握住了宋理獻受傷的右手，在消毒過的地方塗上了藥膏，接觸的手掌傳來的體溫，讓人感到舒適而溫暖。

看著崔世暻小心翼翼，盡量不碰到傷口塗抹藥膏，金得八心裡覺得崔世暻很討人喜歡，於是開了一個不像自己會說的玩笑。

「沒錯，其實我有一副金剛不壞之身。」

「喔？」崔世暻沒有聽懂金得八的玩笑，一臉困惑地抬起頭，他的眼睛睜得圓圓，看起來更加天真無邪。

金得八在心裡責怪自己，怎麼會對這麼年輕的孩子開了玩笑，這毛頭小子哪會有時間讀武俠小說。

「算了，我假裝不痛啦。我能在小孩子面前捂著手喊痛嗎？」

「是啊，挺帥的，宋理獻。」

幸好崔世暻正忙著找繃帶，沒有進一步追問。本來他想用 OK 繃，但發現宋理獻拳頭上的皮膚幾乎都破了，於是拿出繃帶包紮傷口。

「嗯嗯……」崔世暻雖然不大熟練，但還是小心地進行包紮，由於沒有經驗，他不確定繃帶要纏多緊才不會弄痛宋理獻。最後因為不敢綁太大力而讓繃帶鬆掉，看不下去的金得八把繃帶搶了過來。

「給我。」金得八用嘴咬住繃帶的一端來固定，然後只用一隻手熟練地纏繃帶，不一會兒，繃帶緊緊地包紮著傷口，還打了個結。

崔世暻很驚訝嘴巴張大成了O型，金得八則有些得意。

「很帥嗎？你當完兵就會了。」嚴格來說，這是他在混黑道的時候學會的技巧，崔世暻不會知道，金得八也不會告訴他真相。

在只有男人的組織裡，大家會暗地裡比較是否當過兵，因此金得八通常不大提起軍隊的話題，但是崔世暻這小子很乖，以後會很有出息，所以金得八忍不住開了個玩笑。

——這小子，真可愛，捉弄起來很有趣。

金得八滿意地看著乖乖坐在他面前的崔世暻，在書店遇到他的時候，也有這種感覺，這孩子真的很討老人家歡心。就像現在，親自幫忙包紮傷口，關心他人的態度，讓人沒有戒心。

「你，沒當過兵吧。」

這讓金得八感到十分驚訝，好像崔世暻早就知道他這個祕密，金得八因為沒受過教育，所以可以不用當兵，當崔世暻提到這個沒有人知道的過去，金得八覺得手腳發冷。

崔世暻伸出手來，金得八本能地把椅子往後推，感受到臉頰上冰冷的觸感時，身體不自覺地縮了一下。

夾著消毒棉花的鑷子，輕輕擦拭著金得八臉上乾涸的血跡。

「我們怎麼可能去當兵，還要兩年後才會去呢。」崔世暻一邊擦拭金得八的臉頰，一邊輕描淡寫地說。

他的意思是十九歲的宋理獻還沒到入伍年齡，在崔世暻的前面，金得八無法平息跳動的心臟，只能勉強擠出一個笑容。

「……對，我們，還是高中……生。」

「嗯，我們是高中生。」

崔世暻專注地擦拭金得八臉上乾掉的血跡，似乎沒有注意到金得八支支吾吾，隨口應和著。

「那個，謝謝你推薦的題本，挺好的。」金得八感覺如果再談當兵話題，可能會讓自己陷入困境，所以急忙轉移話題。

本來目光集中在金得八臉頰的崔世暻，轉移視線和金得八對視，臉上掛著笑容。

「你題本都做完了嗎？」

「嗯，就像你說的，錯的少，唸書感覺更有趣了。」

金得八一個人在醫院，沒有可以聯絡的人，也沒有認識的人，所以住院期間就只能一直唸書，他還是金得八的時候，還要忙幫派的事務，所以得抽空唸書。但是住院的兩個月裡，他可以埋頭苦做題本，他把被寫到破舊的題本扔進病房的垃圾桶，期待著三月模擬考的成績提升。

「我暫時先抓著，血都乾掉了，不容易擦。」

「嗯？」

因為不知道崔世暻要抓什麼，所以反問了一下。但是崔世暻似乎將其理解為允許的意思，於是用手掌托住金得八的下巴，修長的手指覆蓋在他的臉頰，崔世暻固定住金得八的臉，讓他無法動彈，然後用消毒棉花輕輕擦拭著留有血跡的臉頰。

似乎太過執著於用消毒棉花擦拭臉頰，讓金得八開始感到不大舒服。

「隨便擦擦就好。」

流一點血就小題大作，大力擦的話，一下子就擦乾淨了。

崔世暻像是在擦拭昂貴的瓷器一樣小心翼翼地擦拭。

「給我，我自己來。」

金得八忍不住想要搶消毒棉花，但崔世暻似乎裝作沒聽到，反而更加專注地擦拭，彎著腰更加靠近，然後他緩緩開口說道：「我有個問題想問。」

本來想要擺脫崔世暻的金得八停頓了一下。

「為什麼你在書店沒有認出我？雖然我也沒有認出你。」崔世暻輕輕碰了碰自己的瀏海，意思是他平時遮住半張臉，頭髮剪短了，所以在書店沒有發現是宋理獻，「但你不是應該要認得我嗎？」

「嗯，那個……」金得八覺得口乾舌燥，他甚至無法認出宋理獻的父母，怎麼可能認出同校的男同學。但他又不能坦白靈魂互換的事實，金得八急忙地思索著該怎麼回答。

「但是，理獻啊。」崔世暻小心地握住宋理獻的下巴，當他輕微地施加力量的時候，金得八意識到自己的處境。

原來眼前這個小子假裝擦拭血跡，實際上是在對他施加壓力，一般高中生可能會因為直視的眼神，感到不安而坐立難安，但金得八不同，他這輩子都在混黑道。

如果有洪在民這種先動拳頭，頭腦簡單的傢伙，那也會有崔世暻這種，無聲無息地逼人，像蛇一般的傢伙，不管是哪種類型，金得八都見識過，也交過手，就算在更惡劣的條件之下也能取勝。

金得八的眼神一下子變得冷靜，那淺色的瞳孔如結凍的泥土般冷酷又鋒利。

乳臭未乾的傢伙，竟然敢這樣傲慢地對待長輩？

在黑社會打混的金得八雖然很有人情味，但是絕不容許以下犯上。然而，崔世暻接下來的話，讓他不得不放低姿態。

「你變了很多，當初你跟我告白的時候，都不敢正眼看我。」崔世暻以溫和的口吻，透露了原本的宋理獻所做的事。

第四章

你，不是宋理巘吧

不同於鄭恩彩的擔憂，宋理獻成功適應了學校生活。

上學時，他會在斜坡下車後步行上學，他也別上了使喚朴司機在校服店訂購的名牌。在校門口，他會對學年主任行九十度鞠躬的大禮，學年主任也會滿意地回應他。

由於他向鄭恩彩報告了被洪在民等人拖到焚化場的事，而老師也站在他這邊，所以金得八和將會受到懲處的洪在民他們不同，並未受到任何處置。

他上學第一天就交到了朋友，同班的女生們，可以算是宋理獻的第一群朋友。

當宋理獻打開教室的門，聚在一起的女生們熱情地對他揮手。

「理獻啊！」

金得八想成為模範生，自發性地選擇坐在教室最前面的位子，他將書包丟到座位上，然後走向那些女生。

天氣又不冷，但是肩上披著各種顏色毛毯的小女生們聚在一起，看起來就像一群小松鼠，這讓金得八的臉上露出了慈祥的笑容。

「昨天平安到家了嗎？」

「嗯，你家的司機叔叔送我到家門口。哇，我昨天第一次坐那種車，現在我終於知道為什麼人們會在乎乘坐感了。」

「我們舒服地坐車，讓你一個人坐計程車怎麼行？要是能一起就好了⋯⋯」

「沒關係，讓女生坐計程車太危險了，我自己坐比較心安。」宋理獻理直氣壯地說。

昨天和女生們逛完文具店和小吃店後，時間有點晚了，當他問女生們的家在哪裡時，發現和宋理獻家的方向正好相反，所以只能繞路。

金得八不想繞路，又不能讓她們晚上搭計程車，只好讓女生們坐他的車回家，自己則坐計程車。在組織工作時，用計程車當作犯罪手段的事他看多了，因此不想讓別人家的寶貝女兒冒險。

也許是因為讓她們乘坐高級轎車回家的關係，女生們對宋理獻的評價也似乎變得更加正面。她們挪開了位子，為宋理獻留了一個空位，然後，像展示戰利品般拿出昨天在文具店買的東西。

宋理獻也從自己的書包中，拿出昨天深夜在家裡寫好的學習計劃表。

雖然大學和科系欄位沒有填，但學習量和目標成績的部分，卻寫得非常詳細。金得八模仿女生們，用不同顏色的筆書寫，他的字體是很端正的教科書字體。

金得八指著學習名言旁邊的空白方框，這裡他不知道用途為何，所以空白沒寫，「那這裡要寫什麼呢？」

「純學習時間。」

「純學習？」

「就是完全專注於學習的時間，你昨天買了計時器吧？就用那個計算學習時間。」

「啊——」

現在的學生們學習方式還真新穎，彩色筆、螢光筆，甚至連計時器都用上了。

——以前我只用黑色鉛筆，而且還要用唾液潤濕後才寫。

金得八忍住不提過去的事情，嘴角不自覺抽動。

女生們拿著金得八寫的學習計劃表，稱讚他計劃得很好。

學習計劃表成了他們親近的契機。

昨天放學前決定了座位，金得八看到同桌女生金妍智放在桌上的學習計劃表，覺得很神奇，盯著那用工整字跡寫的計劃表，他沒發現自己過於失禮，很慎重地追問：「小妹妹，這是什麼啊？」

這語氣是怎麼回事……金妍智瞬間覺得自己看見假裝新世代跟她對話的親戚大叔。

金妍智因為聽過宋理巘的傳聞，所以本來不大想和他說話，但是面對面時，又不忍心無視，於是把學習計劃表推給他看，以為這樣就結束了，但宋理巘似乎無意中聽到她和朋友們放學後要去文具店買筆，詢問自己是否可以一起去。

即使知道不應該答應，當猶豫是否該和校園暴力的受害者宋理巘親近時，宋理巘補充說，他只會遠遠地跟隨，不會接近。

在他強烈的拜託之下，她和朋友們最終沒能拒絕，於是一起前往公車站。不過，宋理巘很快地打了通電話，一輛高級轎車來接她們，就這樣，她們坐上了只在新聞上看過的高級轎車。

在文具店裡，宋理巘並不像傳聞中那樣陰沉，他表現得非常認真，好奇什麼就發問，聆聽她們講話，接著把購物籃都裝滿了。這個長相英俊的同齡男生，全然接受了她們的意見，這讓女生們感到很滿意，甚至還拿起宋理巘沒問過的東西，像是介紹新奇物品一樣給他解釋。

他們相處得很愉快，完全忘記了本來只約好一起去文具店，最後還去了小吃店。這家小吃店的內部裝潢模仿了連鎖店，雖然不知道宋理巘平時都去哪些小吃店，但他看到那些

擺盤漂亮的韓式壽司和炒年糕，驚訝到張大嘴巴。

一邊吃著小吃，一邊聽著她們聊天，宋理獻主要都在聽，他慢慢地吃著，點頭如搗蒜，表示同意她們說的話。當大家快要吃完時，他以要去廁所為理由離開，回來後就已經結完了帳。

女生們抱怨他為什麼一個人結帳時，宋理獻顯得有些困惑，似乎沒有預料到她們會有這樣的反應。

宋理獻一開始說「學生哪有錢」時，被女生們提醒「你也是學生」，於是他反駁說「不該讓女生付錢」，女生們則開玩笑地指責他性別歧視。宋理獻沒有意識到她們是在開玩笑，顯得非常為難，沉默了一會兒，抓著後腦杓說：「我怎麼能讓妳們這群小孩請客……饒了我吧！」

女生們停止了戲弄顯得侷促不安的宋理獻，決定下次各付各的，然後離開了小吃店。

天色已黑，宋理獻認為她們坐計程車不大安全，於是讓自己的司機載她們回家。在這幾個小時內，他做了許多同齡男生們不會做的紳士舉動，女生們對宋理獻原有的成見開始動搖了。

人果然還是要相處，才能真正了解，傳聞是不可靠的。昨天只根據傳聞就對宋理獻做出判斷，女孩們感到抱歉，於是對他展現了親切的態度，她們注意到宋理獻的學習計劃表中，目標大學和科系的欄位沒有填，便問道：「理獻啊，你還沒決定大學和科系嗎？」

「我還不知道。」

因為這是宋理獻的身體，一旦靈魂回歸，就必須還給他，所以金得八有一種警覺意識，對未來不想抱有太大的野心，所以故意不去考慮遙遠的未來。然而，不知道這些情況的女生們，卻催促他盡快做出決定。

「諮詢的時候，如果跟老師說還沒決定的話會被罵的，老師會說都三年級了，還沒決定嗎？」

「就算班導說沒關係，如果被其他老師知道，肯定會被教訓的，就算大學沒決定，至少也得先想好要讀哪個科系。」

「這樣嗎？」

當女生們異口同聲表達意見時，金得八也豎起耳朵傾聽，也許應該考慮一下想要就讀的科系。

他想起去年學測結束後看過的大學入學指南，首爾有許多大學，科系更是多不勝數，其中最吸引金得八的科系是……

「看來你們昨天去了有趣的地方？」一陣溫和的低音突然插入，金得八嚇了一跳，身體猛的一跳。

崔世暻輕輕按住金得八的肩膀，自然地融入了他們之中，女生們對崔世暻的出現感到高興，但是肩膀上的手卻讓金得八僵硬了起來。

「在認真唸書之前，最後一次出去玩了會兒。」

在宋理巚被迫出櫃的情況下，知道宋理巚喜歡崔世暻的女生們，輪流觀察著他們兩人。崔世暻小心翼翼地說：「理巚也去了？」

「嗯，跟理巚一起玩還挺有趣的，昨天晚餐也是理巚請客。」

不過，崔世暻會反問，看來似乎是不在意宋理巚出櫃的事，於是女生們開始誇耀宋理巚昨天的表現。

當聊天聊到宋理巚請客的事和乘坐高級轎車的體驗時，聽得津津有味的崔世暻，指著其中一位女生的嘴唇說道：「妳今天擦的口紅和昨天的不一樣，今天的很適合妳。」

「哇，真不愧是崔世暻，觀察力超強。」

女生們聊得天花亂墜，其中一名女生不停地撫弄著自己的長髮，不過，崔世暻卻裝作不知，提出了他的目的：「各位同學，把要放模擬考成績單的文件夾交出來，全班只剩下妳們沒交。」

「啊，真的嗎？對不起。」女同學們各自回到座位，拿著文件夾回來交給崔世暻。

崔世暻接過後放在講臺上，和其他同學的文件夾放在一起，空的文件夾雖然不重，但因為有三十五個，所以體積很大，金得八一直在偷瞄崔世暻，覺得時機到了，便衝出去，搶過了那堆文件夾。

「嘿，一起拿。」金得八隨口對女生們說他要去幫忙，就先走出了教室，然後再偷偷看崔世暻是否跟上。

崔世暻拿著文件夾走了出來，但他那親切的笑容，現在看起來有些陰險。

對於一直單身到死的金得八來說，要解決同性之間的愛，而且還是少年間的感情，是一個巨大的挑戰，他需要解釋在保健室的那次對話，但他卻說不出話來。

金得八猶豫不決，腳步變得遲緩。崔世暻走在前面，穿著白色校服襯衫，雖然還是少年，但身形幾乎是男人了，他的背影漸行漸遠。

「真的要瘋了。」

金得八作為成年人，知道自己應該先開口說話，但又不知道該些說什麼，所以動作才會慢吞吞的，當看到崔世暻走下樓梯時，金得八才匆忙地追了過來，情急之下他，抓住了崔世暻的腰。崔世暻轉過頭來看他，金得八生疏地表達祝賀之意。

「那個，恭喜你當上班長。」

「謝謝。」

與此同時，崔世暻表現得彷彿什麼都不記得一樣，態度冷淡，他禮貌性地接受了祝賀，便冷淡地走下了樓梯。金得八不願落後，追了上去，努力想要破冰，「那，我們不是有事要談嗎？放學後在焚化場見吧。」

「不要，那裡太臭了。」

崔世暻的語氣比女生們還要做作，從保健室出來後，金得八一直感到焦慮，額頭上青筋爆出。

——這傢伙是什麼意思？如果要裝什麼都不知道，為什麼昨天要在保健室裡坦白呢？如果不想理會，那安靜地藏在心裡不就好了，為什麼要攪亂別人的心情呢？

暫時不談成年人的責任感，金得八粗魯地拽住了崔世暻的肩膀，但是可能一時激動而用力過猛，他的身體開始搖晃失去重心，他扔掉手中的文件夾，試圖穩住重心，但卻扭傷了右腳。

「啊！」金得八的身體向右傾斜，差一點朝樓梯跌去。為了不讓臉撞在尖銳的大理石樓梯上，他揮舞著雙臂試圖保持平衡，當他發現緊緊靠在崔世暻的懷裡時，崔世暻的手臂

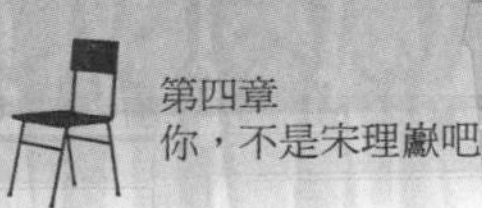

已緊繞在金得八纖細的腰間。

崔世暻的懷抱充滿乾燥的花香味，輕薄襯衫下結實的肌肉，支撐著宋理獻的身體，尖銳的下巴線占滿了金得八的視線。

崔世暻在他耳邊低聲說話：「小心點，你的右腳踝很脆弱。」

就好像他在告訴金得八一些關於宋理獻他不知道的事，這種意味深長的語氣讓金得八感到危機，他突然推開了崔世暻，覺得頭腦發昏，好像被錘子重擊了後腦杓一樣。

「嗯，好……謝謝你。」

但是崔世暻的手沒有離開他的腰間，反而露出燦爛的笑容跟他說話。

「宋理獻，你也請我吃點好吃的吧。」

一直表現得有些傲嬌的崔世暻，彷彿就是為了等這一刻。

抓住宋理獻，不讓他有機會逃跑的這一刻。

⁂

要選一間想去的店時，崔世暻帶他到學校附近的一間咖啡廳。

這家咖啡館的特色是復古風格的裝潢，到處都擺放著西洋風的古典裝飾。結完帳後，金得八沮喪地坐在角落裡的位子，用手掌遮住雙眼，跟上學校的課程已經很吃力了，現在還得處理原本宋理獻所引起的麻煩，這讓他感到筋疲力盡。

金得八沒想到，對付欺負宋理獻這個高中生會這麼困難，說實話，他打洪在民打得很高興，但對於表面看似溫柔的崔世暻，還沒有開始，他就已經感到精疲力竭了。

不知道崔世暻到底知道多少，或者只是在猜測，金得八試圖揣測崔世暻的真實想法，所以幾乎沒能好好聽課。

金得八張開了手指縫，看見崔世暻端著點的飲料和三角蛋糕回來，將書包放在對面的座位上。金得八申請了晚自習，還會再回學校，所以他沒帶任何東西，但放了學的崔世暻帶著書包來了。

「多吃點，上次在咖啡廳也是你付的錢。」

「你也一起吃。」成年人得先動筷子，孩子們才能跟著吃。金得八拿起叉子，僅僅只做出挖一勺的動作，蛋糕上裝飾著醃製水果，看起來可愛又有趣，想到這個才手掌大的蛋糕價格，金得八驚訝地咂了咂嘴。

金得八雖然是幫派老大的左右手，經濟上相當寬裕，但是因為他是從身無分文的底層開始，所以無意識中總是考慮性價比，一塊連肚子都填不滿，只有手掌大小的蛋糕與一碗牛肉湯的價格相當，這讓他感到生氣。

「幹麼花錢買這種東西，還不如吃碗熱騰騰的湯飯呢。」終於說出了自己的不滿，但金得八不久後，用叉子刮著空盤子上的麵包屑。

「要吃嗎？」當崔世暻推過自己一口都沒吃的蛋糕，並問他要不要吃的時候，金得八尷尬地乾咳了一聲。可能是身體的影響，金得八以前從不吃甜食，但現在卻渴望吃甜的，他沒有拒絕推到面前的起司蛋糕，用叉子切了一塊，看著蛋糕濃郁的切面，金得八嚥了嚥口水，終於開口說話：「咳咳，喂，關於那次告白的事情。」

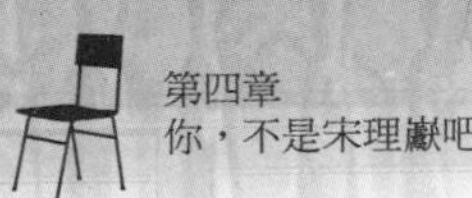

他不要再惹事生非，打算先處理宋理巘已經做的那個告白。

金得八是異性戀者，但對同性戀者沒有排斥感。

在成人夜店全盛時期，他曾經管理過幫派旗下的夜店，見識過各式各樣的人，包括沉迷於性行為的人、同性戀者、上身有乳房、下身有陰莖的人……等等，這使他在性方面變得很開放。

宋理巘因為被迫出櫃而痛苦，所以他認為宋理巘的告白是示愛的告白。

「我放寒假的時候受傷了，那時我撞到了頭。」

崔世暻用吸管喝著飲料，連頭都沒抬，只是向上睜開了眼睛看了看。

金得八因為撒謊而良心不安，只是將蛋糕切成了小塊。

金得八相信崔世暻是那種會在手帕上噴香水，並喜歡女人的男人。以前同樣喜歡女人的手下們討厭同性戀者，所以他把崔世暻也歸類為同一類型，因此，他認為崔世暻可能會對男生的告白感到不悅，深思熟慮後找了個藉口：「所以，我不記得了。」

「你是說不記得你告白的事了嗎？」

金得八原本打算假裝不記得，但當崔世暻托著下巴反問時，他感覺自己似乎被看穿了。不明白為什麼自己要為原本的宋理巘所做的告白承擔後果，金得八在校服褲子上擦拭著冒著手汗的手掌。

「呃……所以啊，能不能就當這件事沒發生過？」

「嗯……」

「我們都高三了，要專心唸書，哪有時間談戀愛。」這場景宛如是崔世暻提出交往，而金得八手足無措地拒絕。

崔世暻似乎在沉思，一言不發地攪動或是輕啜著飲料。金得八心急如焚，在焦急地等待回答的片刻，他開始仔細觀察起崔世暻。

就如同他握著杯子那修長而細緻的手指一樣，即使只穿著普通的校服襯衫，也能感覺到他身材的完美比例，他的五官就像是復古咖啡廳裡的一幅油畫，非常和諧。

生得一副男女老少都會喜歡的俊秀模樣，金得八能理解原本的宋理巘為他心動的理由，但是為何偏偏喜歡這樣一個難以捉摸。狐狸般的傢伙，金得八在心中咒罵著靈魂不知去向的宋理巘。

崔世暻過了好一會兒才放下杯子，然後托著下巴。

「你說沒有我的話會死掉，你說你愛我，下雪那天，你叫我到遊樂場，然後你一直哭啼啼，死纏爛打，我覺得你很可憐，有點在意，就這樣讓你走，我覺得很抱歉，我也不知道我是不是心動了……」他似乎在回憶當時的情景，原本閃爍著異樣光芒的眼神逐漸平靜下來，然後慢慢地摸著自己的嘴唇。

「我忘不掉你流淚的樣子。」

宋理巘所做的事，讓金得八感到震驚。

崔世暻斬釘截鐵問道：「不和我交往也沒關係嗎？」

「當然！」

這正是異性戀者金得八所希望的。

金得八用拳頭敲擊桌子，熱烈地肯定了這一點。崔世暻露出了一絲得意的微笑。

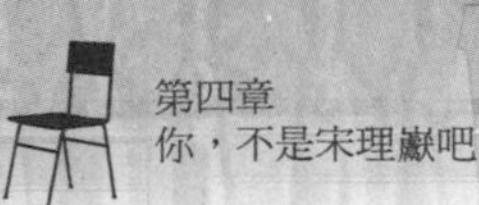

「那麼，你現在不喜歡我了嗎？」

「嗯！」怕他不相信，金得八激烈地點頭。

他對難以捉摸的崔世暻感到不安，焦急地觀察他的反應，看著從容地喝著飲料的崔世暻。金得八心想，如果能打他一拳就心滿意足的時候，崔世暻突然與他對視，使金得八屏住了呼吸。

「但是，理獻啊，其實你根本沒有跟我告白。」

「……什麼？」

「你威脅了我。」

深信宋理獻做了愛的告白的金得八，一時間無法理解崔世暻到底在說什麼。

不知不覺間，崔世暻收起了笑容，仔細打量著金得八，觀察著金得八的眼神、手勢和呼吸的強度，以及無法隱藏的身體反應。崔世暻敏銳的觀察力，是連同班女生的唇色變化都能察覺。

下雪天叫他去遊樂場做了愛情告白的事，其實是崔世暻為了試探金得八而編造的謊言。接著崔世暻坦白去年冬天，在聖誕節前的一個下雨天，宋理獻穿著白色睡衣，無預警地出現在他家門前，不停地按門鈴，「下雨天你來到我家門口，威脅我說，如果不按你的要求做，就會把我在外面的行為公開，說我是一個操縱情況對自己有利的人。」

「……」

下雨天，那是指宋理獻從天橋跳下來的那一天嗎？

「我叫你進屋裡，但是你逃走了，你不會知道我在雨中的街上找了多久。」

金得八感到血液變冷，強壓著情緒，試圖找尋脫身的方法，但是崔世暻似乎不打算給他機會，接二連三地發表令人困惑的言論。

「看來你真的不記得了，嗯，發生了那麼大的事故，不記得也是正常的，你說我會按照自己的利益和喜好操縱別人，引導局勢，這種話你可能也不記得了，我能理解。」

宋理獻這個傢伙到底做了些什麼？金得八緊咬嘴唇，他感到口乾舌燥，放棄了辯解，凝視著崔世暻。

「……」

「沒錯，正如你的威脅，我利用人的感情，因為這樣很方便。我觀察人們喜歡和討厭什麼，根據他們的反應，來調整我的行為，適度地給予他們想要的，然後退後一步，絕不越界，所以我習慣了仔細觀察周圍的人，對變化也很敏感。」

「別拐彎抹角了，想說什麼就直說吧。」當金得八確定崔世暻不會輕易放棄時，他也改變了態度，一口氣喝下了變涼的咖啡，喉嚨上下動了幾下，就喝光了杯中的咖啡，一喝完可能也平靜下來，掩飾了自己的不安。

當金得八做出了平時懦弱的宋理獻不敢做的行動時，崔世暻看著覺得有趣，嘴角微微上揚。

「只是剪了瀏海就認不出來，對我而言完全說不通。但是在書店裡卻沒認出你，而在焚化場時，如果你不是和洪在民在一起，我可能也認不出來。」

崔世暻在書店裡，發現了金得八的背影，因為他的身高、體格和宋理獻相似，所以不由自主地靠近他。但是，由於他剪短了頭髮，臉看起來像是國中生，所以崔世暻認為他不是宋理巘，儘管如此，仍然無法放下疑慮，於是藉由推薦題本接近他。聊得越多，他也越來越確信，眼前的人不是宋理巘，不只是臉，說話方式和行為也和宋理巘截然不同。

「宋理巘很特別，他喜歡我兩年了，總是明目張膽地盯著我看。多虧如此，我也注意到了宋理巘。」對於崔世暻來說，他受到宋理巘近乎於跟蹤般的關注，因此不可能不認識宋理巘。

「人在經歷重大事故後可能會改變，聽說你住院住了兩個月，想說也許是我太敏感了，試著去理解。但是當我想到宋理巘對我做的事情，就無法把你和他看作是同一個人。」崔世暻凝視著身子僵硬的金得八。

「你，不是宋理巘吧。」他露出了一直隱藏在微笑背後的懷疑。

❧ ❧ ❧

12月23日。

這是金得八還擁有金得八身體的時候，他在韓屋接受大峙洞猜題名師一對一家教課期間發生的事。

雖然天氣預報說會下雪，但十二月的街道上，卻下著傾盆大雨。遇到寒流來襲的冬雨，濕冷刺骨冷到骨了裡了。

在年底懶散的氣氛中，壞掉的路燈沒人修理，使得街道顯得格外昏暗。龍山區的一個住宅區，只穿著白色睡衣的少年，冒雨在那條昏暗的街道上奔跑，少年赤裸的雙腳，踩在積滿雨水的水坑裡，水花四濺，他氣喘吁吁，嘴唇因寒冷而變得蒼白。

同一時間，在附近的一幢獨立住宅中，一個少年斜靠坐著讀書，他比同齡人高大，寬鬆的針織衫，覆蓋著寬闊的肩膀，更像是男人的肩膀，但從他耳邊的細軟鬢毛和精緻的側臉，可以看出仍保有少年美。

書桌上有一臺打開著的筆記型電腦，即時通訊視窗不斷地跳出新消息。

崔世暻每到寒假，都會去加拿大唸語言學校，在那裡認識的朋友們，就算他回到韓國，也沒有將他們從聊天室移除。他們甚至分享了上次寒假和崔世暻一起拍的照片，還計劃了等崔世暻在韓國過完新年後，來加拿大時，大家要一起去哪裡玩。

實際上，崔世暻背對著筆電，已設置為靜音的筆電保持著沉默。

雨滴猛烈地敲打著窗戶，房間裡只有翻書的沙沙聲規律地響起。房間主人對聲音很敏感，為此，房間的隔音牆非常厚，如果不仔細聆聽，甚至感覺不到外面正在下雨。

在加拿大生活的時候，崔世暻懷念韓國的唯一理由，不是父母或食物，而是那隔音完美的房間，因為可以讓他好好地休息。

崔世暻和宋理獻一樣都很敏感，不同的是，崔世暻有足夠的體力來應對他的敏感，而且他的父母會照顧他。

叩叩。

敲門聲打破了沉默，在完美的寂靜中，放鬆的崔世暻神經瞬間變得緊繃，原本無動於衷的面部表情微微波動。在平靜的湖面上投擲石子不會受到歡迎，崔世暻希望從湖中撿起

石頭並將其粉碎，但從未實現過。

崔世暻母親的娘家，在首爾經營百貨公司，父親覺得身為財閥家庭的女婿這件事情是他人生的污點，當父親一發現孩子有暴力傾向，就立刻採取了行動，父親無法容忍他狡猾狡詐的行為，強迫他為人要正直。

在這種無止盡的強迫中，崔世暻沒有走歪路，但也沒有屈服。

在父母的陰影下，他壓抑著本性，隨時可能爆發，處於危險之中。

看似成熟的崔世暻，其實還不是很成熟。

叩叩。

敲門聲接連不斷，崔世暻起身走向門口，因為房間的隔音好，所以室內的聲音不會傳到外面，轉動門把的崔世暻，臉上那股惱怒瞬間消失，取而代之的是禮貌的微笑。

「有什麼事嗎？」

知道崔世暻不喜歡被打擾的幫傭，焦慮地緊握著雙手，當她看到從房間出來的崔世暻表情不壞時，才鬆了一口氣，露出和藹的表情，但她仍然忍不住搓著自己的手臂，仔細看，可以看到她的手臂上起了雞皮疙瘩。

「世暻，你的朋友來了。」

「這個時間嗎？」

崔世暻看了一眼掛在房裡的靜音時鐘，沒有事先聯絡就來拜訪，就時間來說，現在已經很晚了。他的父母參加聚會還沒有回來，幫傭跟崔世暻表達了她的不安，「有一點奇怪，我問他是誰，他只說是世暻你的朋友，好像有什麼事，這種天氣也沒帶傘，全身都濕透了……你應該親自去看看。」

在這種寒冷又下雨的天氣之下，如果有人全身濕透且無法正常溝通，就算報警也不為過。崔世暻仔細思考了一下，他的人脈網中，沒有人會在深夜冒雨來訪。

「我出去看看，您在這裡等一下。」

「麻煩你了！」喜形於色的幫傭，遞了一把雨傘給正穿上外套的崔世暻。他穿過玄關，開啟對講機，確認究竟是誰在大半夜自稱是朋友找上門來，原本就有的眉頭皺紋變得更深，崔世暻立刻認出了站在大門外，瑟縮發抖的人。

宋理獻。

崔世暻想起了那個喜歡自己，在學校被迫出櫃的少年，大概知道他的情況。

難道宋理獻沒有想過，明目張膽緊盯著自己會被發現？雖然出乎意料被洪在民無預警散播謠言，但總有一天會被人發現的。

有時候，宋理獻的目光讓自己的毛孔有種刺痛的感覺。

被那執拗的視線折磨了兩年的崔世暻，對這次宋理獻的來訪不是很高興。

他不明白，宋理獻為何會在下雨天，不帶傘地跑來這裡。

他小心翼翼地踩著臺階，避免鞋子被雨水弄濕，走下了通往庭院盡頭的樓梯。他可以看到宋理獻站在屋檐下避雨的身影，透過對講機看到時，他還不大相信，但正如幫傭所說，宋理獻真的只穿了一件白色睡衣，被雨水浸濕的睡衣緊貼皮膚，和宋理獻蒼白的膚色幾乎沒有什麼不同。

宋理獻似乎因為太冷而失去了感覺，連崔世暻走近也沒有察覺，只是不停地打著冷顫，牙齒發出咯咯的聲音。

崔世暻收起雨傘，打開大門時，大門感應燈察覺到有人，自動開啟了照明，宋理巘這時才轉過頭來。雨水打濕並分開了他的頭髮，可以看到平時被前髮遮住的臉，原來他長這樣，當崔世暻想要再看仔細時，感應燈熄滅了，周圍又陷入了黑暗。

「哎。」崔世暻忍不住嘆了口氣。宋理巘光是聽到嘆息聲，就害怕地縮起肩膀，像被雨淋濕的老鼠一樣低著頭，讓崔世暻失去了追問的心情和生氣的力氣。

崔世暻先脫下自己的大衣，披在宋理巘的肩上。

當溫暖起來，宋理巘的顫抖減少了，看他似乎有平靜一點後，崔世暻便問道：「有什麼事嗎？」

「……」只穿著睡衣在雨中奔跑過來，但當宋理巘真正站在崔世暻面前時，卻變得啞口無言。

時間在流逝，寒風刺骨，當崔世暻的眼睛漸漸適應了黑暗，他透過大衣的衣領看到宋理巘濕漉漉且微微顫抖的頸子。

儘管大衣提供了一些溫暖，但濕透的衣服並沒有乾，必須好好烘乾衣物並讓身體變暖和，如果繼續在這裡對話，宋理巘可能會凍僵，所以崔世暻推開了大門。

「進來吧！洗個澡，然後打電話回家。」

然而，宋理巘一動也不動，他不敢正眼直視崔世暻，只是忙著胡亂地注視黑暗中的地板。崔世暻耐心地等待著，他的一生幾乎都在壓抑自己，所以他能夠等待直到宋理巘做出決定。

終於，宋理獻緩緩抬起頭來，即使在黑暗中只能看到剪影，崔世暻能感受到他堅定的決心。

「……我知道，你是什麼樣的人。」

❧ ❧ ❧

那天，是宋理獻一生中最勇敢的一天。

宋理獻患有夢遊症已經有一段時間了。有時他會突然清醒，發現自己穿著睡衣赤腳在街上徘徊，他一點也不驚訝，這似乎成為平凡日常中的自然過程。在他逐漸走向瘋狂的日子裡，經常心裡堵得慌，覺得委屈又煩悶，對未來感到茫然。

那天也是平凡的一天，不過是在沒有人關心中，驚險撐下來的日子中的一天而已。不知道衝動從何處湧現，也許因為那天，他清醒時發現自己在崔世暻家附近，在偶然知道地址後，曾經偷偷來過的地方。

宋理獻在那裡站了好一會兒，任由雨水淋濕自己，然後衝動地在雨水中行走，最後失神地按下了門鈴。

宋理獻也不清楚自己想做什麼，按下門鈴後，甚至還暗暗責怪自己為何叫崔世暻出來。就在他猶豫是否該逃跑時，看到走出來的崔世暻，宋理獻本能地意識到了自己按下門鈴的真正原因。

「你，總是玩弄別人，從不真心對待人。你總是操弄別人的感情。」

當收起刻意裝出來的笑容後，露出來的是那雙冷酷無情的眼睛。

宋理獻在暗戀的兩年期間，一直很執著關注著崔世暻，因此察覺到了崔世暻真正的本性。在無防備的時刻，當沒有人注視的時候，站在人群中的崔世暻眼神會變得空洞。一旦察覺到，在各種地方都能看見崔世暻的本性，例如虛有其表的親切、適當地應對後劃清界線，以及拒絕真心對待他的人後流露出厭煩的情緒……等等。

即使知道了崔世暻的本性，還是喜歡他，完全被他吸引了。崔世暻和自己只會受周圍環境牽引的性格不同，他能熟練地處理事情並掌控局勢，這讓他看起來非常迷人，似乎也讓自己產生一種優越感——只有我一個人，了解你們所不知道的崔世暻。

但是，暗戀也需要一定的餘裕。受到洪在民那幫人霸凌，被迫公開出櫃之後，宋理獻陷入了絕境，每天如地獄般的生活，對崔世暻的暗戀逐漸枯萎，用曾經愛過的要素當作武器來揮舞，是一種生存本能。

宋理獻想要利用自己深愛的崔世暻，藉此逃離這個活地獄。

「如果你不按照我說的做，我就會揭穿你的真面目，你所有讓人毛骨悚然的事情。」雖然很有膽量地威脅，但其實宋理獻像風中樹葉般顫抖，他偷偷觀察崔世暻的反應。當被崔世暻藏在針織衫下的胸膛逐漸逼近時，宋理獻驚慌地向後退，最終背靠在冰冷的牆壁。

被冰冷的牆壁和壓迫感十足的胸膛夾在中間，宋理獻的下巴和嘴唇不停地顫抖。

「理獻啊，如果你需要幫助，就直接說需要幫助，不要用這種方式威脅人。」

被崔世暻說的話刺中要害，宋理獻頓時感到全身發熱，隨著體溫的上升，寒氣突然襲來，濕透的大衣冷如冰磚。

是的，正如崔世暻所言，確實需要幫助，需要有人幫忙解決這如同惡夢般的現實。但是從未得到幫助的宋理巘，甚至不知道自己真正需要的是什麼，一被指責，他才意識到自己所做的行為多麼可悲、多麼瘋狂。

好丟臉，比在崔世暻面前，差點被洪在民搶走錢的那次還要丟臉。

「……」

被雨淋濕時的發抖，和此刻相比簡直不值得一提。宋理巘努力扭動身體，想要從牆壁和胸膛之間掙脫出來，太丟臉了，他根本無法抬起頭來。

「宋理巘。」崔世暻一抓住宋理巘的肩膀，就感受到他搖晃身子試圖掙脫。經過一陣肢體衝突，抓住試著要逃跑的宋理巘的整個肩膀，固定住他的時候，月光從裂開的烏雲間灑落下來，像是屍體般蒼白虛弱的宋理巘，抬起了他滿是淚痕的臉。

宋理巘的眼神充滿了絕望、遺憾和空虛，淚水從帶著怨恨的眼裡滑落，這畫面在崔世暻心中留下深刻的痕跡。

因為這個人的絕望，所以在崔世暻感到驚愕茫然之際，宋理巘掙脫了他抓住的肩膀，衝了出去。

「呀！」崔世暻試圖抓住他，但手裡只剩下滿是雨水變得沉重的大衣。

宋理巘跑進了雨中，崔世暻也未來得及打開雨傘，就跟著跑了出去。但是，他無法抓住每晚都在住宅區附近遊蕩的宋理巘，更無法抓住失去理智、疾走如飛的宋理巘，崔世暻盡力追逐，但是穿著白色睡衣的身影逐漸變小。

雨水模糊了視線，濕透的睫毛刺痛了眼睛，在崔世暻幾次擦拭眼睛的瞬間，宋理巘已

經消失得無影無蹤。穿在身上的寬鬆針織衫吸收了雨水，重得就像綁著沙袋一樣。

最後，崔世暻在路燈下停了下來大聲呼喊：「我會幫你的！我會幫你，你出來！」

但是，傾盆大雨不僅隱藏了宋理獻的蹤跡，甚至還吞噬了崔世暻的聲音，依賴著路燈的光，崔世暻環顧四周，在多條分岔巷弄的盡頭，像是會吞噬人的怪物般，在黑暗中緊密凝聚。

「宋理獻！」崔世暻感到焦急，深深地吸了一口氣，再次大聲喊叫。但是，無論是宋理獻，還是住宅區裡的任何人都沒有回應。

皮膚被雨水打得隱隱作痛，暗夜雨中的街道上一個人也沒有。

那天晚上，崔世暻最終沒有找到在天橋上的宋理獻。

新年伊始，崔世暻沒搭上前往加拿大的飛機，表面上的原因是他現在高三，想專注於大學學測。但其實自從沒找到宋理獻的那個夜晚以來，他的狀態一直不好，這成為了決定性的因素。

他怕出國在外無法控制自己的情緒，所以選擇以學習為藉口，避免與人見面。

崔世暻要去警察局報案時，才發現自己對宋理獻一無所知，只知道宋理獻的名字、年齡和學校，這些都是因為他們就讀同一所學校而知道的事。

他不知道宋理獻的電話號碼或地址等個人資訊，在警察的催促下，完成了報案，但在年底發生的多起事故中，關於身分資訊不清的報案往往會被忽略，既不是家人，也不是朋友的崔世暻，沒有從警方那裡得到宋理獻的任何消息。

雖然崔世暻的手機忙著接收各種訊息，卻沒有任何關於宋理獻的消息。

在學校中，除了崔世暻之外，唯一會知道宋理獻聯絡方式的人是洪在民。崔世暻透過朋友的朋友，打聽洪在民他們是否還在欺負宋理獻，但是得到的回答是他們也無法聯繫到宋理獻。

反正崔世暻與宋理獻之間並無直接的接觸，宋理獻單方面暗戀崔世暻，嚴格說起來，崔世暻更像是被跟蹤的受害者。然而，問題在於那雙眼睛，下雨那天，那受傷的眼神，深深地刻印在崔世暻的腦海裡。

❦ ❦ ❦

「你交女朋友了嗎？」

「什麼？」對於突如其來的問題，崔世暻只是一邊攪拌著湯，一邊抬起頭來。

坐在擺好早餐的餐桌旁，與他共進早餐的母親一邊夾著菜，一邊平靜地說道：「你最近心不在焉的，我還以為你交了女朋友呢。」

她身為首爾百貨公司的副社長，新年是對銷售極為重要的時期，忙得幾乎沒有時間在家，但也從不忽略防止她的家人涉及貪汙舞弊之事，除此之外還算是個和睦的家庭，無論是夫妻還是母子之間。崔世暻露出了和照片一樣的微笑，放下了湯匙。

「怎麼可能，光唸書就忙不過來了。」

「隨便唸唸就好了，反正百貨公司最後也是你的。」

「爸爸如果聽到，肯定會生氣的。」

帶刺的玩笑讓母子倆同時笑了出來，他們長得相似，雙眼微閉，露出了相似的微笑。崔世暻除了外貌，性格上也很像母親，他們之間有很多共通之處，為了避免再次成為關注的焦點，崔世暻轉移了話題：「爸爸最近很忙吧？很難見到他一面。」

當聊到只有他們兩人吃早餐時，崔世暻的母親似乎不想多言，搖了搖頭。

「首爾的幫派組織中，好像有個有影響力的人死了，聽說是交通事故……所以忙著處理爭地盤的事，太好笑了吧？說到底還是幫派，也不知道他們有沒有交稅。」

崔世暻的母親已經擦好口紅，做好外出準備，怕吃早餐時弄花了口紅，不大想要說話，因此崔世暻也沒有再追問。他能聽到從未見過面的幫派人物的消息，但他真正想知道的宋理巘的下落，卻無處可尋，崔世暻突然皺起了眉頭，試圖避免，但又不自覺地會想到宋理巘。

「啊，爺爺進了醫院，找時間去探個病，媽媽下班後也會去。中央醫院，你打電話給藝熙，她會告訴你病房號碼。」

「爺爺進醫院了嗎？怎麼了？」

雖然崔世暻對祖父的健康並不是很關心，但是他放下湯匙，表現出了關心，他假裝是孝順的孫子露出擔憂，但腦海裡滿是宋理巘那充滿怨恨的眼神。

今年冬天，不常下雪。

常看到電視播出關於北極融冰環境問題的記錄片，每年氣候變暖就是證據，但是對地球環境沒有興趣的崔世暻，並不在意下雨或是下雪，他只對失去家園的北極熊表達了微薄的同情。

但是今年，無論北極熊如何，他很確定他開始討厭下雨了。

這也是因為宋理獻而產生的一種不愉快的創傷。

崔世暻走進建築物，下樓到有書店的地下室，書店裡還懸掛著尚未整理掉的聖誕裝飾，與強調新年福氣的裝飾交織在一起。書店的自動門開啟，他一進去，暖爐的熱風使他乾燥的臉頰變得溫暖，他直接走到書架間。

他打算買爺爺喜愛的作家寫的散文集，作為探病禮物。是一位不大著名的日本作家，因為宣傳不夠積極，所以就算是新書也難以找到。

崔世暻把手插進大衣口袋，慢慢地瀏覽書架上的書，終於找到了那本散文集，這時他才放鬆了一直彎著的腰，直了直身子。當視野變高，他看到了之前沒注意到的情景，有一個少年正把熱門書架的書弄得一團糟。

少年身上插著點滴針頭，拖著點滴架，似乎在猶豫該買哪一本題本，把書架上所有的題本都翻開看，在附近徘徊的店員給了少年暗示，但是對方似乎沒有察覺，專注於手中的題本。

崔世暻忘記拿那本散文集，急忙回到書架拿書。

他的眼中罕見地閃爍著興奮，因為那個少年的背影和宋理獻非常相似。

第五章

你這個狡猾的狐狸

學生們為了躲避運動場的烈日，全部聚集在禮堂內，在跳箱旁邊坐成一排。

雖然很高興可以不用曬太陽，但是討厭體育課的學生們，帶著不滿的表情抱著膝蓋，按照他們的想法，是想要在教室自習，卻因為體育課被納入成績評估，只好乖乖地等待自己的順序。

「下一個，十二號！準備好！」

即使在室內，體育老師也沒有摘下太陽眼鏡，他喊了下一個號碼。一直被前排同學的體型遮擋著的宋理巘，用手撐著膝蓋站了起來。

體育老師給剛剛勉強跳過跳箱的十一號男學生，打了一個不滿意的分數。當他在點名簿上查看十二號是誰時，並沒有抱有太大的期望。

體育老師去年也教過宋理巘的班級，宋理巘身體虛弱，不是坐在看臺陰涼處，就是去保健室，即便現在來上體育課，老師也認為宋理巘的成績肯定會是最低分，於是事先在計分板上準備好了筆，並吹響了哨子。

嗶！

哨聲一響，體育老師不敢相信自己的眼睛，摘下了太陽眼鏡，奔跑的宋理巘以完美的姿勢跳過了跳箱，他的動作乾淨俐落，穩穩地在另一側著地。

學生們熱烈鼓掌，連體育老師也把點名簿夾在腋下，驚嘆連連地鼓起了掌。

「哇，宋理巘，你寒假接受特訓了嗎？」

原本的宋理巘因為失眠和食慾不振，再加上疲勞累積而導致體力下降，但其實他的運動神經並不差。自從和洪在民他們發生衝突後，金得八感到有必要適應這個身體，於是增加了運動的強度，所以能夠像教科書上所教的那樣跳過跳箱。

宋理巘似乎有些害羞，搔著後腦杓，尷尬地對體育老師鞠了個躬。這時，體育老師才注意到宋理巘髮型的變化，給予了稱讚：「頭髮剪短清爽多了，看起來更帥氣了！這麼帥的臉，之前為什麼要遮住呢！」

「……謝謝。」

宋理巘的傻呆性格似乎依舊，他沒有好好地抬起頭來，而是稍微鞠躬後回到自己的位子。當輪到第十三號男學生時，眾人的注意力逐漸減少，金得八緊張感消散，便將額頭埋在了雙膝之間。

原本不擅長運動的宋理巘，突然變得擅長運動，如同火上澆油般，可能會引起崔世暻的懷疑，宋理巘本想隨便應付一下，但當他聽說體育表現會影響成績時，便知道自己不能馬虎應付了。

「哇！」

突然間，歡呼聲響起，金得八也抬起了頭，學生們為剛剛跳過跳箱的崔世暻鼓掌。崔世暻的姿勢與宋理巘相似，但由於他四肢修長，看起來更加出色，因此他獲得的掌聲也比宋理巘更大，啪啪聲在整個禮堂中迴響。

崔世暻在同學們的鼓勵下，從容地和他們擊掌，然後回到了自己的位子。十六號的崔世暻坐在宋理巘的後排，因此金得八為了避免和走近的崔世暻目光接觸，摸著自己的後腦杓，假裝看向別處。

下課鈴聲一響，金得八立刻站起來，急於成為第一個離開禮堂的人，但是，他不知道回到教室要如何避開崔世暻，不由得感嘆自己一輩子都是逃亡者的身世。

如果能曉得崔世暻到底知道多少，就可以制定對策。但是，崔世暻這個狡猾的傢伙，自從在咖啡廳說過這件事後，就緊閉嘴巴，不再多說什麼。有所顧忌的金得八也不敢主動問，只能在心裡乾著急。

「那小子竟然是高中生……」

看他的行徑，簡直像是長著九條尾巴的九尾狐，金得八獨自嘟囔著，推開禮堂的門走出去。

「幹，看那個同性戀跑步的樣子。」嘲諷的聲音從背後傳來，伴隨著附和的笑聲，金得八轉過身尋找說話的人，他看到一個頭髮染成黃色的人瞪著他。

「怕自己發情，才一個人去換衣服嗎？」

明明大家一起打架，但只有他們被罰要校內服務，也許覺得不用受罰的宋理獻很礙眼，洪在民只要有機會，就會惡狠狠地盯著宋理獻。

趁體育老師讓男生們將跳箱搬回儲物室的空檔，洪在民沒有錯過機會，開始挑釁。

如果是原來的宋理獻，無處尋求幫助，在班上同學的注視之下，他可能會感到羞恥。

但是對金得八來說並非如此，反而，他對洪在民的挑釁感到高興，飛奔了過去。

洪在民先挑起了爭端，但是看到宋理獻欣喜地走過來時不禁有些驚慌。他本以為即使宋理獻不再像以前那樣害怕，也會受到打擊，但宋理獻似乎更關注周圍的情況，並沒有把洪在民放在眼裡。

洪在民不知為何，對這一點感到極度不悅，當他發現自己無法對宋理獻產生絲毫影響

時，怒氣便湧了上來，握緊了拳頭。

通常在這種時候，洪在民會因為無法控制自己的脾氣，而衝動地想要打架。他不知道自己即將被打，準備對大步走過來的宋理獻出拳，先下手為強。洪在民把拳頭藏在背後，緊握骨節凸起的拳頭。

「哎呀！」

宋理獻觀察著走進儲物室的體育老師，洪在民盯著宋理獻的動作，因此放鬆了警惕。但是，就在洪在民握緊拳的瞬間，被一腳踢中小腿摔倒在地，無論他多麼敏捷，一個高中生，還是無法戰勝有豐富打架經驗的流氓。

「你這小子，竟然這麼沒大沒小！」金得八小聲嘟囔，只有自己能聽見的程度，他痛快地一拳打在洪在民的後腦杓上，周圍傳來了驚訝的叫聲。

「我是同性戀對你造成傷害了嗎？雞雞小得可憐，還敢放肆，就算看你的老二我也不會勃起，你以為同性戀就不挑的嗎？」

洪在民因為後腦杓疼痛而無法集中精神，金得八隨意地訓斥了他一番，然後將手臂搭在他的脖子上。

被身材較小的宋理獻拉低的洪在民試圖掙脫，臂部往後伸直掙扎時，金得八增強了手臂的力量，就算洪在民的臉色變得通紅，金得八也沒有理會他，而是伸長脖子繼續查看儲物室。

崔世暻從儲物室走出來，和一起搬跳箱的朋友開心地聊天，當他看見宋理獻時，笑容變得很不一樣，帶著些許過分的親暱和濃厚的情感，他似乎準備呼喚宋理獻，和宋理獻四目相交並舉起手來，嚇得金得八趕緊拉著洪在民，「去福利社嗎？喔，好喔，走吧，去福利社。」

「喂，該死的，噢，咳……」

金得八怕被崔世暻抓到，在恐懼的驅使下，無情地壓制著反抗的洪在民匆忙逃跑。

金得八拉著洪在民去的地方不是福利社，而是焚化場，因為是午餐時間，遠處學生餐廳的喧鬧聲隱約可聞，寂靜的焚化場給人一種被四面牆壁環繞，處於孤立堡壘中的感覺。

「喂！」洪在民的脖子一被放開，便開始大吵大鬧，似乎因為被金得八用技巧而不是力量制服，只能束手無策地被拖來這裡而感到憤怒。他伸出帶著紅印的脖子，憤怒地抱怨，但金得八只是以一種鄙夷的眼神看著他。

「混蛋，你沒看見留下的痕跡嗎？」

「在民啊，乖，別說髒話。」

金得八翻找著自己的褲袋，當他找到代替香菸的糖果時，帶著複雜的心情勉強撕開了包裝。相比之下，當洪在民掏出香菸並點上時，他感到很不舒服。

「別抽了。」

「神經病。」

當洪在民點著打火機，想要點燃香菸時，金得八搶過並將其折斷，白色濾嘴被折斷掉在地上，洪在民的眼中閃過熊熊怒火。

「混蛋，咳！」

宋理巘用手臂架起洪在民的下巴，並將他推至牆上，用手臂壓迫他的喉嚨，雖然宋理

獻的手臂纖細，看起來沒有威脅性的力量，但是因為壓迫到要害部位，洪在民開始作嘔，一邊咳嗽一邊掙扎。

洪在民試圖踢對方的小腿來解脫手臂的束縛，但宋理獻用下半身緊緊地將他固定住，使他無法動彈。

這一切都發生在眨眼之間，洪在民因為缺氧，抓著宋理獻的手臂努力掙扎。這時，金得八輕聲地發出了警告：「在民啊，聽話。」

「咳咳，呃！」洪在民的臉色變得暗紅，眼淚和鼻涕滿臉，雖然他的嘴巴張得大大的，唾液不斷流出，但洪在民依然固執地反抗。這時，金得八加重了力量，壓迫感變得更加強烈，洪在民翻著白眼，顯示他已經接近極限，原本在地板上掙扎的運動鞋停止了動作，開始微微地抽搐，「咳、咳……」

不過，金得八卻毫不動搖，維持著均勻的呼吸，施加均等的力量，當感受到生命威脅的洪在民吐出了白沫，才勉強低了頭。但無論他如何掙扎，都無法擺脫這如鐐銬般的手臂，當他微微地點了點頭時，金得八的手臂鬆開了。

「咳咳、咳咳、咳……」洪在民靠著牆壁緩緩坐下，急切地吸入缺乏的氧氣，他那被恐懼填滿的心臟劇烈地跳動，似乎無法平息，他的腿因為失去血色而無法承受重量，不停地顫抖。

也許是第一次感受到了死亡的恐懼，洪在民無法直視宋理獻，但是依然努力地重拾受損的自尊心，倔強地盯著地面。

「你、你……不是宋理獻吧？」

金得八噗哧一聲笑了出來，洪在民的懷疑並不構成威脅，這個單純且衝動的傢伙，只要被揍幾次，就能讓他從宋理獻身邊消失。但是崔世暻不同，原來的宋理獻好像對他頗有好感，如果有一天靈魂回歸，宋理獻可能會想見崔世暻，畢竟聽說宋理獻去世之前，最後見的人也是崔世暻。

而且，崔世暻那個狡猾的傢伙，不是說除掉就能除掉的，他的行動難以預測，屬於危險的類型。感到困惑的金得八想要抽菸，便摸摸口袋，他不管掉在地上的糖果，而是拿出新的糖果扔給洪在民，自己也吃了一顆糖果，嘴裡散發出糯米香味，慢慢地在舌尖上蔓延開來。

「喂，崔世暻是怎樣的傢伙？」

洪在民似乎稍微平靜下來，金得八用鞋尖輕踢了他並問道。

洪在民本能地退縮了一下，竟然會屈服於宋理獻這種人，他覺得很丟臉，於是在心裡咒罵。他無法相信自己會被以前的跟班打敗，不願接受已逆轉的局勢，便冷淡地回答：

「……幹麼問我，我是同性戀嗎？」

這是不懂人情世故，典型青少年的虛張聲勢。

「在民啊。」金得八溫和地叫「在民啊」的聲音，讓洪在民害怕又被打，假裝摸著頭，舉起手臂避開金得八的視線。一副什麼都知道似的宋理獻發出低沉的笑聲，讓洪在民的臉頰發熱，但他沒有放下手臂。

「你……那個，你為什麼霸凌我？我做錯什麼了嗎？」

「……」

「因為『喜歡你才欺負你』，別說出那種變態的理由來敷衍我。」

「你瘋了嗎？誰會喜歡你這種混蛋……」洪在民憤怒地放下了手臂，不知何時，宋理巘已經蹲在他面前，嘴裡含著糖果，臉頰鼓起，露出孩子般的臉孔，似乎對洪在民充滿興趣，洪在民咒罵著，轉過頭去。

「沒有理由吧？」

「……」

「那就是說，我也可以毫無理由地打你，所以，當我心平氣和要跟你對話的時候，你最好配合點。」

借用洪在民的說法，他已經是宋理巘的手下敗將，雖然感到憤怒，但即使再戰也無法獲勝，他不想承認自己輸給了原本看不起的宋理巘，但眼前的宋理巘顯得過於強大，洪在民只能小聲嘀咕，這是他能做的最好抗議：「幹，其他人都知道崔世暻，就你一個人裝不知道……」

金得八也蹲在隨意坐在地上的洪在民旁邊，他把背靠在陰涼處的牆面，欣賞著焚化場對面山脊上搖曳的粉紅色花蕾，現在正值三月。

「幹……」洪在民回想和崔世暻有關的傳聞時，粗魯地搓揉著自己像掃帚般漂過的頭髮，雖然沒有欺負崔世暻，但是洪在民因為自卑的關係，並不喜歡富家公子崔世暻。

「他爸爸是地位很高的檢察官。」

一聽到「檢察官」這個詞，曾混黑道的金得八本能地緊張了起來，洪在民因為他的反應而挑起眉毛，看了他一眼。金得八揮了揮手，表示沒什麼大不了的。

「他媽我不大清楚，但聽說是個做大生意的，所以家裡很有錢，也經常捐錢給學校，連校長都對他們卑躬屈膝的。他總是穿名牌，因為有錢，所以功課也很好，聽說他所有科目都是由大峙洞最頂尖的家教老師教的，這樣要是唸不好就真是蠢了，反正自從那小子入學以來，就一直是全校第一，模擬考也總是拿一級分。」

「哇……」

雖然金得八也上過大峙洞名師的家教課，但他的平均成績只有七級分。金得八發出純粹的感嘆詞時，洪在民顯得有些不悅，語氣變得粗魯：「長得像小白臉，笑吟吟的，女生們笑著說喜歡他，只要那小子經過，那些花痴吵得要死。」

「什麼花痴呀，你這個臭小子。」

金得八無法忍受洪在民那令人反感的話語，便用手打了洪在民的嘴巴幾下，曾經是大男人社會中的領袖，對待男性比較放得開，有時會粗魯地對待他們，洪在民則是不耐煩地揮開了金得八的手。

「幹，崔世暻那傢伙，就長得一副小白臉的樣子，在人前笑吟吟的，看了真不爽。」

「那傢伙的確像狐狸。」金得八一邊吮吸著嘴裡的糖果，一邊不以為然地附和著。他也有同感，所以只是表示同意而已，但是洪在民似乎覺得，終於有人理解他了，咯咯地笑了起來。

「你這傢伙，以前一看到崔世暻就傻了，終於清醒了你。」

「需要我好好教訓你嗎？」怎麼教訓不用特別說明，宋理巘的手背上貼滿了 OK 繃已經說明了一切。

被打一次就抖個半死的宋理巘，怎麼會拳頭都傷成那樣還無動於衷？洪在民感到很驚奇，寒假究竟發生了什麼事，竟然讓一個人變得如此不同，他突然好奇其他方面是否也有變化。

是洪在民發現宋理巘喜歡崔世暻的，也是他公開宋理巘的性取向。

只要洪在民一提到崔世暻，宋理巘就會被嚇到幾乎要窒息的程度，甚至願意做任何事來避免這種情形。宋理巘這樣的反應，讓洪在民感到極度惱火，於是他在一陣衝動之下，公開了宋理巘是同性戀，而且暗戀崔世暻一事。他喜歡看到宋理巘大哭，起初會開始欺負宋理巘，也正是因為每當宋理巘看到他總是會顯露出害怕到發抖的模樣，這讓他對宋理巘念念不忘。

如果事先知道宋理巘會整個寒假都消失不見的話，洪在民就不會公開宋理巘的性取向了。他偷偷瞥了宋理巘一眼，宋理巘每次哭泣時都會咬著嘴唇，現在嘴唇上沾著糖果融化的糖水，閃閃發亮。

宋理巘似乎陷入了沉思，眼睛被濃密的睫毛遮住了一半。

洪在民原本只是偷偷觀察，但後來忘記隱藏自己的目光，直勾勾地看著宋理巘，欲言又止。

「……現在不喜歡他了嗎？」

「不喜歡了。」是宋理巘喜歡他，不是金得八。

這迅速的回答，讓洪在民勉強才抑制住自己上揚的嘴角。洪在民模仿金得八的姿勢，背靠在牆上，雙臂放在彎曲的膝蓋上，目光投向遠方，運動場上的歡呼聲在藍天下迴蕩，平靜的微風撫過他的額頭。

「你不在福利社，在這裡啊。」

這時，他們背靠的牆邊突然傳來了動靜，原本平靜的時光被打擾，洪在民不悅地瞪了一眼這突然出現的不速之客，「什麼事？」

換上校服的崔世暻，似乎沒有感覺到洪在民的敵意，對他也友善地微笑著，並說出了他來這裡的目的：「我來跟理獻一起吃午飯的。」

「和我嗎？」有必要嗎？

金得八拍了拍屁股站了起來，他不大想和崔世暻面對面吃飯，自古以來，吃飯應該要愉快地吃，和狡猾的傢伙眼力比賽，只會搞得自己噎到，倒不如和洪在民吃，他敢放肆就揍他一頓，金得八用下巴指了指蹲在那裡的洪在民。

「我和他說好了一起吃。」

「嗯，我們說好一起去福利社，你和你的朋友吃吧。」跟著站起來的洪在民擺了擺架子，崔世暻注視著他們兩人之間的距離，眼神瞬間變得冰冷。但很快崔世暻就表現出一副為難的樣子，輕輕地搔著自己的臉頰。

「啊，這樣嗎……朋友們已經先去學生餐廳了，現在可能都吃完了……」

金得八有點害怕崔世暻露出一副為難的樣子。

「怎麼辦？我得自己一個人吃了……」崔世暻沮喪地聳了聳肩，他那又黑又亮的頭髮也隨之輕輕搖晃。金得八發出了一聲痛苦的嘆息，即便知道那是演技，但還是忍不住上了當，真讓人抓狂。

三個男生占據了福利社的角落，準確來說，是兩個年輕壯漢中，夾著一個身型瘦弱的小孩子，但是金得八堅信他們是三個壯漢。

三人站在固定於牆上的桌子前，桌上放著杯麵和三角飯糰，等泡麵變熟。

對於偷偷觀察這奇怪的三人組合的目光，他們全裝作沒看見，三分鐘過去，他們打開了杯麵的紙蓋，熱氣蒸騰，帶著辣味的泡麵香氣四溢。

崔世曝手托著熱騰騰的杯麵，看到宋理獻和洪在民將紙蓋折起來裝泡麵吃，也跟著折起了紙蓋，但他很少吃杯麵，手法生疏，吃的時候泡麵的湯從折痕處溢出，紅色湯汁在他的白色襯衫上留下了痕跡。

「笨蛋，連吃個泡麵都不會嗎？」洪在民趁機嘲笑崔世曝。

金得八手伸向桌角的濕紙巾並說道：「朋友之間不要互相嘲笑，好好相處。」

這本該是校園暴力受害者對加害者說的話，但情況卻很微妙，洪在民想到自己所做的事，也許是良心發現，乖乖地給對方遞了濕紙巾。崔世曝用濕紙巾擦拭校服上的泡麵湯汁，然後接著吃起來，在只有吸麵的聲音響起的時候，洪在民第一個吃完了泡麵，開始撕三角飯糰的包裝。

這時洪在民突然想到，身為富家公子的崔世曝可能第一次吃三角飯糰，連怎麼撕開包裝都不知道，不想錯過戲弄他的機會，興奮地轉過頭看。

「喂，你知道怎麼撕開三角飯糰的包裝……嗎？」眼前的景象，讓洪在民說著說著停了下來，因為崔世暻已經熟練地拉開了三角飯糰的兩邊包裝，但金得八手裡卻只拿著一塊白色的飯團，不知他是否嘗試過撕開包裝，桌上的塑膠包裝被捏得皺巴巴的。

「這怎麼撕開？」金得八一邊搔著後腦杓，一邊遞出飯糰，他只看過年輕的手下吃這個，自己卻是第一次吃。

沉默了一會兒，洪在民一邊抱怨，一邊將自己完好無損的三角飯糰和金得八的交換。遲了一步的崔世暻，呆呆地看著自己伸出的手後，拿回飯糰咬了一口，平時只會微笑的臉，這次卻顯得有些垂頭喪氣。

「喂，你這個有錢的傢伙，連三角飯糰都沒吃過，到底幹麼去了。」

「錢都被在民你搶走了吧。」

「你這傢伙說話也……」

崔世暻隨意的一句話，讓洪在民感到不悅。但金得八一邊咀嚼著三角飯糰，也說了一句話：「不只搶錢，還要人去偷東西。」

「喂，幹，那是……」

即使霸凌一事蒙混過去，但宋理巘並沒有偏袒或是原諒他，洪在民氣憤地將一大口飯糰塞進嘴裡。

金得八沒有打算放過他，剛好和洪在民在一起才帶他來的，金得八繼續吃，然後拿起了杯麵，吃完乾巴巴的飯糰後，他覺得喉嚨乾燥，於是大口喝了泡麵裡的湯，滿是調味料的鮮味，不論是三十年前，他剛到大城市第一次嘗試時，還是現在，味道都一樣。

三個男生咬著冰棒，走出了福利社，沿著校園道路走著。剛剛還跟在後面的洪在民，

手機響起後突然罵了一句髒話，便獨自走向另一個方向，雖然勉強一起吃了午餐，但一有事，還是連招呼也不打，就直接消失不見。

洪在民在不在，金得八都不大在意，他一邊咬著冰棒，一邊觀察著這陌生的校園，吃完午餐後的學生們，就像是約好了一樣，女生們在校園裡散步，男生們則在操場上踢足球。老實說，金得八也想衝進操場踢球，他的身體開始蠢蠢欲動了。

「世暻，你好。」

「你好。」

學校風雲人物崔世暻，即使在只有女生們的散步小徑上，也忙著回應她們的招呼。一群挽著手臂的女生揮手走過，接著又有其他女生小團體叫住崔世暻，友好地打招呼，崔世暻一一親切回應。在另一個層面上，這行為很了不起，金得八不禁感嘆，崔世暻的生活也真是夠累的，不由得搖了搖頭。

另一方面，女生們並沒有認出剪了短髮的宋理巘，宋理巘看起來年輕又可愛，但眼神中卻帶著一絲狠辣，臉上雖然帶著嚴肅的表情，卻又認真地吸吮著冰棒。這位英俊的男生吸引了女生們的注意，以為宋理巘是陌生人，便轉而問起與她們有交情的崔世暻。

「你旁邊這位是誰？」

「我男朋友。」崔世暻瞇起眼睛微笑著回答。

「你這瘋子瘋了嗎……」金得八感覺自己被戲弄，氣憤地扔掉冰棒，抓住了崔世暻的衣領。被嚇到的女生們睜大了眼睛，但當宋理巘激烈地否認時，她們很快就理解這只是在開玩笑，開始哈哈大笑，對他們倆說「你們很配」、「祝你們幸福」這種話。

只有金得八情緒激動，他搖晃著崔世暻的衣領，他不敢對女生們怎麼樣，於是將目標轉向了看似好對付的崔世暻，「不是，我們沒交往！你怎麼不好好解釋？」

「怎麼了，理巘，你覺得我丟臉嗎？」即使衣領被抓得緊緊地，崔世暻還是調皮地回應。但當宋理巘的名字被提及，真實身分曝光後，四周的笑聲逐漸消失了，因為宋理巘被傳是同性戀，所以這不再是一個可以隨便帶過的玩笑。

「啊……你是宋理巘？」

氣氛一變，金得八推開崔世暻的衣領，散漫地站著。

「嗯，怎麼了？」

好脾氣和好欺負只是一線之隔，金得八對人家的掌上明珠都會以禮相待，但對那些明顯表現出厭惡的無禮之人，他不會讓他們得逞，因為他的脾氣沒好到那種程度，幸好是女生們，他頂多只會粗魯地跟她們說話，如果是男生，可就不會手下留情了。

「那你們兩個，呃……同性戀，所以你們真的在交往……嗎？」

她們並沒有特別排斥同性戀，但宋理巘曾因為這個標籤而在校園受到欺凌，這讓她們難以全盤接受，再加上宋理巘的眼神不知為何的凶狠，女生們不禁害怕起來，緊緊地挽著手臂。

為了和同齡人融洽相處，宋理巘需要對被公開性取向的事件有一個明確的立場，然而很遺憾，四十七歲的金得八並未能理解孩子們之間微妙的利害關係。

在同一所學校相遇也是一種緣分，為什麼不能和睦相處呢？這是金得八直率的看法。

就在女生們差點被宋理巘冰冷的氣場嚇到時，崔世暻插了一手，他搭著宋理巘的肩膀，打破了冷冽的氛圍，然後做了解釋：「那些都是誤傳，我們只是朋友。」

「喔喔，這樣嗎？」

「嗯，理巚不喜歡人多的地方，所以只和我單獨見面，結果這樣就讓人誤會了。理巚和洪在民的關係不好，洪在民看到我和理巚兩個人在一起，就散布了那樣的謠言，讓理巚陷入困境。」

這是一個巧妙結合了一些事實的合理謊言，加上名聲良好的崔世暻，像即將參選的政治家那樣親切地解釋，女生們沒有人懷疑。

「的確，洪在民是有點那個。」

「理巚很氣那個謠言，還剃了頭髮。」

「別碰我的頭。」當崔世暻隨意地摸弄宋理巚的短髮開玩笑時，宋理巚不悅地踢了他的小腿，這種男生之間常見的普通玩笑，讓女生們的臉色終於放鬆了。

解開了性取向的誤會後，女生們和宋理巚道別離開，她們沿著散步小徑嘰嘰喳喳地走遠，而崔世暻撿起金得八扔掉的冰棒時，還順手撿起了附近的垃圾。

金得八雙手插進褲兜，帶著挑釁的口氣問道：「你幹麼？」

「撿垃圾。」

他不是在問這個，但崔世暻一手拿著滿滿的垃圾，站直了身子，好像什麼事都沒發生似的走著，當金得八沒有跟上時，他回頭看了看，眨了眨眼，好像在問為什麼不跟著。崔世暻裝出的天真無邪，讓金得八感到啼笑皆非，他忍不住輕笑了起來：「哈，這狡猾的傢伙，還真會耍人……」

如果是崔世暻，就算在他扁平的屁股下藏著九條尾巴，金得八也不會感到驚訝，他對於被這個狡猾的傢伙操縱感到不悅，於是放慢了腳步。看到金得八開始走動，崔世暻也繼續往前走。

原本和宋理獻肩並肩走著的崔世暻，現在卻獨自走在前面。崔世暻走在散步小徑撿著垃圾，金得八跟著他的身影。

當崔世暻坐在長椅上時，金得八也跟著坐了下來。這個長椅離散步小徑有一點距離，周圍是茂密的灌木叢，坐在那裡會有昆蟲在皮膚上爬來爬去，所以學生們一般不大喜歡去那裡。

金得八翹著二郎腿坐下，靜靜地觀察崔世暻的舉動，對方小心地將撿來的垃圾放在一旁，以免它們倒塌，然後拿出手帕擦拭弄髒的手。

金得八低聲呼喚：「喂。」

崔世暻考慮是否要丟掉弄髒的手帕，最後他還是把手帕蓋在垃圾堆上，然後開始說他想說的話：「在學期間，先隱瞞性取向吧。反正同性戀是宋理獻，不是你。」

「你是不是哪裡不舒服？在那些女生面前你說我是宋理獻，她們走了，你又說我不是了？」金得八覺得困惑而追問。

崔世暻轉過頭來，臉上帶著平時的微笑，但這卻讓金得八感到毛骨悚然，在那溫和的笑容背後，崔世暻的眼神顯得冷漠陰沉，如果之前他的眼神還帶著探究的光芒，現在則彷彿確定了什麼，毫無感情。

「如果你真的是宋理獻，當我介紹你是我男朋友時，你應該會不知所措吧。」

「抓你領口還抓不夠嗎？」

崔世暻自嘲地笑了笑。

「至少宋理巘不會抓我的領口，他是個會默默忍受的孩子，不會跟別人傾訴，就算他威脅我，卻反而自己更害怕。即使我幫他阻止洪在民搶他錢的時候，他也只是手足無措，一言不發地盯著地板。」崔世暻抓住金得八的雙臂，強迫他正視自己。

「對了，洪在民。洪在民的事也說不通，你的右腳踝會那麼脆弱，是因為被洪在民踩過，導致你的韌帶拉傷，但你怎麼可能會在那個被洪在民踩傷的焚化場，和他親密地待在一起？這根本說不通。」

當時，崔世暻曾阻止洪在民搶宋理巘的錢，是他在無人知曉的情況下，舉報了校園暴力。宋理巘看起來因此感到羞愧，所以他之後便沒有再干預。但是，洪在民那一天的行為實在太過分了。

不過，今天在焚化場看到宋理巘和洪在民像好朋友一樣，輕鬆地坐在一起，他雖然沒有表現出來，但內心深處感到極其不悅。

金得八堅定地回答，理由很簡單：「因為出了車禍，所以我失憶了。」

崔世暻第一次露出了不友善的笑容，還是帶著嘲諷的微笑。

面對年輕小子的嘲笑，金得八咬牙切齒。

「不是不記得，而是根本沒經歷過。你的行為一點創傷的痕跡都沒有，根本就像另一個人。」崔世暻的話中帶刺。

之所以懷疑金得八，不只是因為他的行為，對一個十幾歲的少年來說太過不自然，也因為崔世暻的親身經歷，和深刻了解何謂人之本性——崔世暻堅信人不會改變。

「我一直努力成為一個好人，以免讓父親失望，努力做到正直清廉，成為他人的榜樣。但我做不到，我以為自己是個好人，但其實只是裝出來的。」

在接受了無數次洗腦和強迫的成長過程中，即使有人觸碰到他的東西，那種想要扭爛對方手腕的殘忍想法並沒有消失，即使透過教育，了解到執著於暴力是錯誤的，但也只能壓抑它，無法完全消除。

「人是不會改變的，雖然可以學習，按所學行動，但是本性是不會改變的，一旦陷入絕境，本性就會暴露出來。」

所以，崔世暻為了將宋理巘逼入絕境，創造了緊急且令人困惑的情況。對於原本的宋理巘來說，和洪在民單獨相處是危急的狀況，而聲稱和崔世暻的交往關係，則是讓人困惑的情況。

崔世暻故意不在禮堂立刻抓住宋理巘，反而讓他和洪在民在一起，然後對女生們介紹他是自己的男朋友。然而，在這兩種情況下，金得八的行動、反應，都和原本預期的宋理巘完全相反。

他以一種無法在兩個月內學會的動作，痛打洪在民一夥人，並自然地抓住了崔世暻的領口，沒有絲毫的猶豫或軟弱，這是原本兩年來都因為害羞而無法與崔世暻對視的宋理巘絕對做不到的事。

因此，崔世暻確信，在學校中自稱宋理巘的是另一個人。

平時，宋理巘都是遮著臉行動，所以臉不會成為問題，而且擁有類似體格的人也很常

見，崔世暻斷定，找一個體格相近且長相俊俏的人來模仿宋理獻，這是很有可能的。

「真正的宋理獻去哪裡了？」溫柔的聲音中透露出壓抑的情感，擴張的黑色瞳孔如同深邃的黑海一般深沉。凝視著那雙瞳孔的金得八感覺自己彷彿被深海吞噬，被一種令人窒息的感覺所包圍。

嘩嘩，樹葉隨著風吹動輕輕搖曳。

當金得八沒有回答時，崔世暻的眼神顯得動搖，他不由自主地用舌頭濕潤了乾燥的嘴唇，然後吃力地問道：「難道……你殺了他？」

在雨中赤腳奔跑後消失的身影，是崔世暻所知的宋理獻最後的模樣，他不禁想到了各種荒謬的可能性，像是被都市傳說中的貨車綁架、器官盜取，或者被賣到國外，他緊抓著金得八的雙肩，加重了手的力道。

——力量真大……金得八為了忍受壓迫在上臂的強大握力而緊咬牙關，因為體格差異而產生的肌肉力量，差距是很巨大的。

金得八並未做無謂的抵抗，反而握住了崔世暻的手腕，他拉近下巴，緊緊盯著對方，用力到手都在顫抖。最終，崔世暻痛到發出叫聲，才放開了抓住的手臂，金得八用另一隻手輕輕握住留下紅印的手腕。

「……別胡說八道了，少看點小說吧。」金得八起身，用沙啞的聲音否認了崔世暻的猜測。

這已經是第二次被懷疑身分，金得八的反應比第一次還更冷靜，然而，崔世暻並未退縮，反而抬起了頭。

「你說，把宋理巚藏在哪裡了？」

「我就是宋理巚，人如果不能改變，難道得一輩子懦弱地活著嗎？」

「我不是那個意思，至少應該有一些共同點，但你完全就像另一個人！」

「別再騷擾無辜的人，不然去做個 DNA 檢測，你這個疑心病患者。」

金得八帶著失望的眼神，粗暴地抓住自己的後腦杓，短短的頭髮在空中飄落，落在崔世暻的膝蓋上，接下來發生的事更令人震驚。

「操，你是完全瘋了嗎？」金得八因為震驚脫口而出。

崔世暻不只彎腰撿起落在膝蓋上的頭髮，還彎下腰撿起掉在地上的頭髮，金得八看著他彎下腰的黑色頭頂，發出驚訝的聲音後，留下崔世暻轉身走開。

金得八離開長椅，勉強保持冷靜的步伐逐漸加快，最終變成了奔跑，他的手掌按住左胸口，因為太過驚慌，心臟仍在劇烈跳動。

許多人都感覺到宋理巚變了，然而唯一尋找「原來的宋理巚」的人，只有崔世暻。

❧ ❧ ❧

晚餐的菜色似乎不夠豐盛，果不其然，學校的福利社擠滿了學生。

金得八像在閃避一群湧向收銀臺的喪屍般，從人群中擠出來，拍了拍被擠壓的肩膀，回頭看了一眼擁擠的人群。

「阿姨！有香腸麵包嗎？」

因為晚餐時間不多，學生們急切地搖晃著皺巴巴的現金，大聲喊出他們想要的食物名稱，光是這樣的熱鬧場面，就不亞於金得八曾經熱衷的賽馬場投注現場。

「呼，你看這人群……真瘋狂。」

有點厭煩青少年們對於食物的熱情，金得八搖了搖頭，拿著他成功搶到的披薩麵包和牛奶走出了福利社。他不知道可以把食物放進微波爐加熱，就這樣咬了一口堅硬的麵包，邊走邊吃。

可能是因為青春期影響了身體，廉價的番茄醬竟然很美味，激起了他的食欲，金得八一邊感嘆，一邊交替吃著麵包和牛奶，很快就吃光了，他帶著些許遺憾，用空包裝袋折了一個童玩畫片⑤。

可能是因為換了身體的影響，一轉身就感到饑餓，彷彿肚子裡住了一個乞丐，即使吃光了堆成高峰的晚餐，金得八仍然覺得披薩、麵包和牛奶不夠，很想再吃點什麼。

晚自習時間再去買些東西吃，他用這個期待來安慰自己的遺憾，收拾好背包，前往自修室。

報名參加晚自習的高三學生們，都聚集在寬敞的自修室裡自習。

考慮到高三學生距離大學學測不到一年的時間，學校為了營造良好的學習氛圍，提供

註釋⑤ 童玩畫片：韓國人的童玩，「畫片」是由兩張紙摺疊而成，帶有一點厚度。放在地板上後，對手用另一張畫片敲擊它，如果原本的畫片翻面了，或是超出地板上繪製的線，那麼對方就可以拿走那塊紙板，形同勝利。

了自修室作為學習場所。

以往自修室都很安靜，從傍晚就會開始充滿前來用功的學生。尤其昨天是才剛開學的第二天，因為「三天打魚，兩天曬網」的效應還沒過去，學生們專注念書，所以特別安靜。但不知為何，今天從自修室走廊的入口開始就非常吵鬧。

金得八偶爾也能聽到和他一起吃晚餐的女生們的聲音，於是便留心聽了一些。進入自修室後，先到的那些女生們歡迎宋理巚的到來。

「理巚，你來了啊？」

「他怎麼回事？」金得八把背包放在自己的位子，用下巴指了指被同班女生圍繞的崔世暻，即使他的態度冰冷，但依然掛著微笑。看來他完全忘記了午休發生的事，溫和地笑著，彷彿從未將宋理巚的頭髮收集起來放在手帕裡一樣。

「世暻說他今天開始也要參加晚自習了。」

「世暻啊，你高一、高二不是都沒有參加晚自習嗎？」

「嗯，現在高三了，我想要在老師的監督下學習。」

金得八沒有理會態度溫順的世暻，而是仔細觀察著有某種改變的女生們，她們和吃晚餐時的樣子不一樣，都化了淡妝，有別於昨天穿著運動服，看起來很隨便的樣子，唯一差別似乎是崔世暻的出現，女生們看起來都很興奮。

「妳不是要唸書，為什麼嘴唇還擦這麼紅？」金得八最近和同桌金姸智變得親近，於是問她這個問題。

這時，其他的女生們忙著摀嘴忍住笑聲，而金姸智則是瞪著眼睛，踩了宋理巚一腳。

穿著拖鞋的雙腳被重重踩壓，痛到幾乎要流下眼淚，宋理獻忍著痛道了歉，雖然不大清楚情況，但從眼色判斷，似乎說錯了什麼。

「呃……我不大清楚說錯了什麼，但我道歉。」

看到金妍智的脖子依然通紅，宋理獻趕緊補充說明：「我是因為覺得妳不擦口紅更漂亮，才那樣說的。」

「……是嗎？」

「嗯，妳很漂亮。」

「……真的嗎？」

「鼻頭圓潤，有福相，看起來乖巧善良。」

就金得八立場來看這是讚美，但女生們還是摀住了嘴，金妍智氣呼呼地又踩了他的腳，然後直接回座位坐好，這時剛好晚自習的鈴聲響起，金得八把這當作是天降的好運，坐回自己的座位。以前，他只覺得同齡女人難以應對，但現在不論年齡大小，女人的內心對他來說都是個謎。

「去別的地方坐。」但是，崔世暻這個狡猾的傢伙又不是女生，卻為何如此難以捉摸呢？金得八對坐在自己旁邊的崔世暻發火，原本以為女生們圍在四周是因為自己，結果是她們只想坐在崔世暻的旁邊。

「班導讓我坐在這裡。」

即使面對金得八不滿地上下打量，崔世暻還是打開背包，拿出了題本，當晚自習值班老師進來時，金得八無法再趕走他，只能帶著不悅的心情打開自己的題本。

第一節晚自習，八十分鐘安靜地流逝了，金得八的筆記本一乾二淨，其實他一道題都沒解開，數學困難到讓他懷疑自己前世是否與數字結下了冤仇。

還是金得八的時候，打架時常被攻擊頭部，數學不好還有藉口說腦細胞壞死了，但是連用宋理獻的腦袋也無法解開這些數學題，這讓他感到十分焦慮。

休息時間的鐘聲一響，一直在旁邊伸懶腰的崔世暻，偷偷瞄了一眼宋理獻在晚自習期間就一直在解的數學題，隨後狀似不經意地透露了解題方法，說：「那題用絕對值處理就可以了。」

「閉嘴，你坐去別處吧。」

然而，崔世暻並沒有聽金得八的話，他把筆記本拿過來，按了一下自動鉛筆，開始認真解數學題。在眾多解法中，他選擇了最簡單的一種，自動鉛筆的筆尖流暢地在紙上寫出答案，金得八瞪大了眼睛。

「我說的話很可笑嗎？」

崔世暻輕鬆地忽略了金得八的嚴厲警告，用低沉的聲音解釋解題步驟，他那悅耳的低音，不管對方是否願意聽，繼續解答問題，讓金得八即使不想聽，也不得不聽。

「將α的範圍分成大於零的情況和小於或等於零的情況……」

這道數學題金得八苦惱了八十分鐘也沒解出來，崔世暻卻只用了三分鐘就解完了，而且他的方式比書上的正解還要簡單，讓人容易理解。當一直找不到答案的問題被解決後，金得八有一種痛苦解脫的愉悅感，想要求助他幫忙解答其他問題，但卻難以開口。

不過，眼尖的崔世暻，只看到金得八緊閉的嘴唇微微動了一下，就開始解下一道題

目，隨著他在筆記本上寫下的解答越來越長，兩人之間的距離也逐漸縮短。

不知不覺中，金得八已經被吸引過去，他身體向前傾斜，肩膀靠近崔世暻，專心聽他講解解題方法。當自動鉛筆突然停止移動時，金得八轉過頭來，因為太過專注，他們靠得很近，兩人的嘴唇幾乎碰上。驚訝的金得八看著崔世暻，他的眼中滿是調皮的神采，眼睛彎成了新月模樣。

那經常勾勒出優美弧線的嘴唇，輕輕掠過長著汗毛的臉頰，觸及了耳畔，然後在宋理巘的耳邊輕聲細語，以甜蜜到令人酥麻的低音：「你的真名叫什麼？」

——金得八，你這個狡猾的狐狸。

「宋理巘。」差一點被迷惑了，但幸好金得八沒有說出靈魂的名字，而是說出了身體主人的名字。

對他來說，有一種使命感，必須要好好保護這具身體，直到宋理巘的靈魂歸來。拋開告訴別人靈魂交換的真相，可能會被當成瘋子不談，他絕對不能將這個祕密，告訴那個不知會做出什麼事的狡猾傢伙。

這隻狡猾的狐狸，不只隱藏了自己的心思，還搖著尾巴裝可愛，這讓金得八感到極度憤怒。看到這小子做出這種讓人卸下心房、擊中要害的卑鄙行為，真想狠狠踢他一腳，好好教訓一下，改掉他這些壞習慣。

孩子得要有孩子的樣子，才會讓人喜愛。

當若有若無的怒氣射向那張假裝溫柔的面具時……

「崔世暻！」一聲驚呼打破了緊張的氣氛。自修室的對面，一群男生認出了崔世暻，紛紛湧了過來。

「真的是崔世暻嗎？我只是叫叫看，沒想到真的是。」

「世暻！你參加晚自習？」

「平時從不參加晚自習的傢伙，怎麼回事？」

他們似乎和崔世暻很熟，很快就圍繞著他，被一起圍住的金得八感到不悅，想要離開，但四周都被那些男孩子們圍成了牆，沒有一絲空隙。在那些遮住了燈光，形成陰影的高個子們當中，金得八只是木然地抱著雙臂發呆。

男生們看到崔世暻非常高興，吵吵鬧鬧的。

「你們兩個怎麼黏在一起？我還以為你們是同性戀呢。」

「在做數學題嗎？這題本不會太簡單嗎？」

戴著角框眼鏡的男學生，翻看著金得八的題本，就是崔世暻剛才解的那本，他邊翻邊問，崔世暻像往常一樣親切地回答了：「因為朋友有不懂的題目。」

「你在教他嗎？」戴角框眼鏡的男學生，像卡住似的停下了翻閱題本的動作，然後他突然提出了一個建議：「那我們要不要一起組個學習小組？大家用同一本題本，每週聚個一、兩次，把各自不懂的題目，寫在白板上互相解釋，這樣還可以練習面試技巧！哇，我自己想出來的，但真的很不錯，組吧！學習小組。」

如果組一個學習小組，崔世暻將會成為核心，他和所有人關係良好，而且他擅長數學，即使這些男生裝作不在意，但他們的目光都集中在崔世暻身上，希望有機會能與他一起學習，聽說崔世暻上過大峙洞名師的全科輔導後，在模擬考中獲得全科一級分，即使只

是共享學習資料，對他們來說也是一大幸運。

「學習小組的時間，就安排在晚自習第一節課如何？如果時間太短，會打斷學習進度，星期三看起來挺合適的，我們每人先解一個章節，然後一邊做題目，一邊調整難度，我會跟老師說，他肯定會允許，還會給我們自修室的鑰匙。」

提出建議的學生推了推角框眼鏡，迅速地制定了學習小組的計劃，其他學生都看著崔世暻，他們提高聲調，大呼小叫藉此吸引崔世暻的注意，即便是不大懂得這些的金得八，也能一眼看出，這個學生想成為學習小組的中心人物。

如果和崔世暻一起組學習小組，提高成績就像是順理成章的事，而且能從中獲得不少好處，在大學入學申請表的自我介紹中，可以寫的內容變多，這個男學生在心裡簡單的盤算了一下，如果自己是這個學習小組的領袖，還會給入學面試官留下很好的印象。

「學習小組的名字叫什麼好呢？『三角函數』怎麼樣？世暻，不錯吧？」那個男學生在現場草率地決定了學習小組的名稱，像是崔世暻已經同意加入那樣問道。

他的臉頰上長滿了成熟的痘痘，沿著顴骨突出來。

到了金得八這個年紀，大致能看出一個人的相貌，雖然不是完全準確，但多數情況還是能參考的，那個想要攔截別人功勞，總是虎視眈眈尋找機會的傢伙，連狐狸都不如，就是個黃鼠狼，金得八在心裡咂嘴，等著看崔世暻接下來會使出什麼狐狸伎倆。

像崔世暻這麼機靈，不可能乖乖地同意。

「好，就這麼辦吧。」

然而，崔世暻像螺絲鬆了的傻瓜一樣同意了。抱著一線希望，金得八又等了一會兒，但是看到的也只是崔世暻對提議學習小組的男生點著頭，這讓他緊皺眉頭。

——你這個狡猾的傢伙，對我是這個樣子，卻被其他人欺負嗎？

如果崔世暻被欺負，那麼表示被崔世暻欺負的金得八的地位也會降低，不想看到這種情況的金得八斜靠在椅背上，他將一隻腳踝放在膝蓋上，形成了數字「4」的形狀，然後把手塞進褲袋，態度顯得隨意，他那瘦弱的腹部微微突出，使得他的針織背心鬆垮地起了褶皺。

「那麼誰來當頭頭？」一個不大可能知道「學習小組長」這種流行詞彙的老頭插入了談話，打斷了沉默。

男生們終於正式面對他們之前只是偷瞄的陌生面孔，那雙看上去很有氣勢的眼睛，削弱了那個對成立學習小組感到興奮的男生氣焰，他吞吞吐吐地問道：「嗯……你是誰？」

「宋理獻。」男生比女生對同性戀的排斥感更強，因為在崔世暻的面前，而且他看起來和崔世暻好像很親近，他們不得不控制自己的表情，但大多數的臉色並不好看。

「有問題嗎？」

如果偏見可以在一夜之間改變，他們一開始就不會欺負宋理獻，金得八堅如磐石地接受了充滿蔑視和鄙夷的目光。對於一個平凡的青少年來說，同齡人的輕蔑可能會造成傷害，但對在後巷見過各式各樣的人，閱歷豐富的金得八來說，這不過像是被生氣的小雞盯著看一樣，即使是多對一的氣勢對決，金得八也絲毫不落下風。崔世暻突然站在金得八那一邊。

「如果理獻不參加學習小組，我也不參加。」崔世暻溫柔地說完後，像是要根除校園

暴力一樣補充道：「大家要好好相處呀。」

「對，朋友之間要和睦相處。」金得八也加了一句，好像是在提醒大家，要記住大人的教誨。但是，男生們對崔世暻的話有些不自在，對宋理獻的話卻露出了不悅的表情，看到同性戀傢伙倚傍著崔世暻表現得如此囂張，真讓人感到生氣。

「崔世暻，我們要去福利社，一起去吧。」

由於無法把崔世暻也一起當作同性戀來辱罵，因此男生們試著將崔世暻排除在外。然而，崔世暻卻靠著宋理獻的肩膀，拒絕了他們的提議，「你們去吧，我答應理獻要教他數學。」

面露不悅的表情，那些男生們一邊嘟囔著，一邊轉身離去，他們回頭的時候，嘴唇的動作顯示他們正忙著辱罵「同性戀傢伙」，他們用只有彼此能聽見的聲音，互相抱怨著宋理獻，直到有人不解地提出了疑問。

「怎麼回事？崔世暻也是同性戀嗎？」

「喂，閉嘴。」

提問的那個男生，被同學用拳頭敲了一下背，他們擔心崔世暻會聽到，快步走出了自修室。雖然沒有背景的宋理獻是可以挑釁的對象，但家世好、名聲佳的崔世暻，惹錯的話，他們擔心會招來麻煩。

實際上，學習小組已經等同於解散了。男生們絕對不願意和「同性戀宋理獻」在同一空間共度時光，而崔世暻宣稱，如果宋理獻不參加，他也不參加，沒有崔世暻的學習小組毫無意義。

男生們一關上自修室的門，崔世暻就把額頭靠在坐著發呆的宋理獻的肩膀上，身體微微顫抖。感受到他努力在忍笑的顫動，金得八不以為意地嘲諷道：「你瘋了嗎？」

笑了好一會兒，崔世暻終於平靜下來，但他似乎沒有起身的意思，只是將額頭從宋理獻的肩膀上斜斜地轉向一邊，露出了帶著笑意的眼睛。

因為努力忍笑而湧出的生理性眼淚，讓他的眼角閃爍著光芒。看到他笑的樣子，金得八感覺崔世暻可能早就知道，那些提出學習小組的男生有何居心，但即使如此，他還是選擇了配合，金得八感到無奈，伸出大拇指粗魯地擦去崔世暻眼角的淚水。

「對我很囂張，怎麼在那幾個傢伙面前，卻任由他們欺負。」

——難道我比那幾個傢伙更好對付？

金得八變得嚴肅起來。

「貪心會吃苦頭的，還是讓步比較好。」崔世暻一邊說著，一邊將重心偏向宋理獻的頸背，他回想起過去的某一天，父親緊抓著還是孩子的他的肩膀，目光交匯時給出的警告，崔世暻至今仍未能從那種感覺中解脫出來。

「真是可笑。」似乎對剛才的話感到不滿，宋理獻瘦弱的肩膀微微顫抖了一下。

這時，崔世暻才挺直了靠在他肩膀的身體，金得八如此輕易地否定了一生壓迫著崔世暻的壓力，這讓他臉上的笑容逐漸消失。

金得八，也就是宋理獻，臉上帶著從未有過的冷嘲道：「這世上難道還有不貪心的人嗎？」正是貪心，驅使金得八從底層奮力爬升，不論是被揍到眼睛腫得幾乎睜不開，或是手掌纏著繃帶，甚至是腹部被刀刺傷，也不曾從地盤鬥爭中退縮，就連現在，靈魂進入宋

理獻的身體，因為貪心地想著要為宋理獻報仇，還有渴望上學也是。

「在這個連佛陀都可能被剁成塊的世界，不起貪念的人真是個笨蛋。」從小就離家出走，在後巷中經歷了各種波折，金得八不相信超然的信念或是讓步的美德，他認為擁有文化修養，也必須先解決生計問題。

像宋理獻那樣能力不足，自身利益被奪走的人，他還會伸出援手，但那些聲稱為了他人放棄自己利益的偽善者，金得八也是敬謝不敏。

「……確實如此。」崔世暻停止了所有的動作，凝視著宋理獻，他那稚嫩的臉上掛著一抹冷嘲的笑容，與他外貌格格不入，卻又強烈到令人感到毛骨悚然，同時又不可思議地迷人。

崔世暻的黑色瞳孔中，如漲潮般湧上平靜的喜悅。

箝制崔世暻一生的警告，竟然如此輕易被否定，這樣的經驗讓他感到極度震撼。

崔世暻仍然無法從宋理獻的身上移開目光，跟著重複了他的話：「真是個笨蛋。」

當那個心思難以捉摸的傢伙大方表示喜歡的時候，金得八也不禁露出了笑容道：「開心嗎？」

對崔世暻來說困難的事情，在金得八眼中看來卻是輕而易舉的，從某種意義上來說，這是理所當然的。如同剛破殼而出的小鳥，這可能是一件艱難的事情，但已經在世界上經歷過風風雨雨的成鳥來說，只不過是小事一樁。

原來的宋理獻寧願從天橋跳下去，也不想去學校，但金得八卻輕鬆解決了一直很困擾宋理獻的問題，崔世暻的問題同樣也是不足為憂。

因此，金得八認為這些都是微不足道的事，甚至沒意識到自己對崔世暻做了什麼，看著露出純真笑容的崔世暻，他第一次看到對方露出他那個年齡的孩子該有的模樣，這讓他感到很滿足。

「解下一題給我看吧。」

「……嗯。」

「這麼聽話，這次就放過你。」

一直到第二節晚自習開始的鐘聲響起，崔世暻都在幫他解數學題，他們的肩膀靠得很近，在題本上方的頭靠在一起，傳遞著彼此溫暖的體溫。

第六章

奪走了宋理巘應該享受的一切，滿足嗎？

三月模擬考最後一科社會的考試時間，教室裡的桌子被排成一排，間隔加大，營造出緊張的氛圍，學生們交替看著時鐘和考卷，迅速地在答案卡上做標記，當結束的鐘聲響起，老師拍了拍手。

「把筆放下，最後一排的同學把答案卡收上來。」

最後一排的學生一收走答案卡，金得八就趴在桌上，他整個寒假都在準備考試，想要好好發揮，但是考試時精神過於集中，搞得他精疲力盡。

「各位同學，班導說今天不開班會了，桌子排好就可以走了。把模擬考的分數登記表給我，另外，期中考結束後，說要加購英語補充教材，團體訂購需要交錢，所以每個人交一萬元[6]給副班長。」

模擬考當天不用參加晚自習，學生們因為準備回家而變得喧鬧起來，金得八像個駝背的老人趴在桌上，慢慢地把桌子推回原位，當他到達最前排時，一直停留在講臺附近的崔世暻，隨意地拿起金得八的考卷，問了起來：「考得怎麼樣？」

「我怎麼會知道呢？等分數出來才會知道。」即使抱怨著，金得八也沒有阻止崔世暻查看他的考卷，其實他心裡還是有一些期待的，因為他不是晝耕夜讀，而是晝讀夜讀，這次他沒有幫派組織的工作纏身，日夜都在唸書，應該能超過七級分吧……

崔世暻雖然合上了考卷，但並沒有還給金得八，他用手指有意識地摸著考卷上「宋理巘」這個名字，然後問道：「要跟我一起唸書嗎？你錯的地方我可以教你。」

這傢伙提出一起唸書並不是出於善意，金得八的眼睛因懷疑而瞇了起來。

「好是好……但你沒關係嗎？」

「嗯，去你家唸書吧。」

「我家嗎？」

也許是因為他本來就難以捉摸，當崔世暻的小心思一目了然時，金得八甚至會覺得他有點可愛，不過，可愛和奉承是兩碼事，不會因此就特別縱容他。

金得八猜崔世暻是想確認他是否真的是宋理獻，所以才想到他家去看看。雖然帶他回家並沒有什麼大不了的，但通常金得八放學回家時，宋理獻的生物學母親常常酒醉占據著沙發，這讓他猶豫不決。

金得八出院以來所見到的行為，就算是白天母親也都還在宿醉，不大可能清醒。想起今天早上出門上學時使勁低下了頭，就是為了避免看到穿著性感睡衣在沙發上睡覺的宋理獻的母親。

金得八建議去其他地方唸書：「我們去自修室吧。」

「我不喜歡那裡。」崔世暻罕見地斷然拒絕了，雖然為了那些想要晚上學習的學生，自修室是開放的，但在模擬考當天，不像平時有值班老師在，所以那裡會像菜市場一樣吵鬧，看到崔世暻如此堅持，金得八也沒有再次提議。

「那我們就各自讀吧！跟到我家來，太過分了。」金得八沒有接受崔世暻的要求，雖然很感謝他說要輔導他學習，但這次模擬考金得八還是有自信的，他覺得自己沒錯太多

註釋⑥　此處幣值為韓圓，根據時下匯率換算為新臺幣三百元左右。

題，只要適當地看一些解題講義就可以了，所以就算沒有崔世暻也不覺得遺憾。

「理巘啊。」

在聽了幾次金得八叫洪在民的名字後，崔世暻開始模仿，也這樣叫宋理巘。金得八突然體會到了換位思考的真正含義，意識到被這樣叫的感覺有多糟糕。

「你錯了很多題。」

「……很多嗎？」

「非常多。」

從這裡到這裡，崔世暻打開了模擬考的數學考卷，用手指在紙上劃了一長條。雖然沒有說話，但金得八也明白，他感到頭腦昏沉沉的，意識到自己幾乎全答錯了。

❧ ❧ ❧

宋理巘的家距離崔世暻家並不遠，這讓崔世暻整個冬天因為找不到宋理巘而心煩意亂的事情，顯得有些可笑。坐上來接宋理巘的轎車時，崔世暻透過車窗凝視著熟悉的街道，回想起宋理巘在雨天穿著睡衣赤腳奔跑的模樣。

他們從轎車下來，一穿過小巧但整齊的花園，玄關門就打開了。金得八先脫下運動鞋，然後阻止崔世暻進入。

「在這裡稍等一下。」金得八甚至沒穿拖鞋就急忙走進了屋內，他那種似乎在隱藏什麼的態度，讓崔世暻感到懷疑，但他還是選擇在外面等待。

不久後，從屋內傳來了微弱的呼喚聲：「進來吧。」

走廊的盡頭出現一個寬敞的客廳，金得八正在給躺在沙發上的人蓋上毯子，同時不滿地說：「哎呀，嘖嘖，年輕的姑娘啊。」

因為沙發靠背的遮擋，崔世暻看不清是誰躺在沙發上，不過，他一眼就認出從沙發外溢出的棕色頭髮，和宋理獻的髮色一模一樣，於是他衝動地走向前。

當崔世暻靠近沙發時，他聞到了濃烈的洋酒味，不禁屏住了呼吸，果然，躺在沙發上睡覺的女人臉色因酒精而泛紅，崔世暻一看就知道她醉得很厲害。

「……誰呀？」

「母親。」

這個女人年輕得不像是母親，大白天就醉得不省人事，但她有著與宋理獻相似的地方，崔世暻仔細地打量著她那憔悴的素顏，和雨天來訪的宋理獻有些相似。女人在睡夢中翻了個身，毯子滑落，露出了只掛著細肩帶睡衣的瘦削肩膀，肩骨突出，崔世暻趕緊別過頭去。

「上樓吧。」金得八輕拍他的肩膀，用眼神示意通往二樓的樓梯。

「哎呀，是理獻的朋友來了嗎？」聽到動靜，從廚房出來的瑞山大嬸迎接了客人。金得八看到她熱情地迎接客人的樣子，點了點頭作為回應，然後自然地吩咐了一些事情。

「請您給那個孩子準備一些糕點吧。」

通常不是應該要求零食或點心嗎？不對，比那更重要的是「給那個孩子」，他自己不也是孩子嗎？從一臉稚氣的宋理獻口中聽到這種老成的口吻，讓崔世暻覺得很可疑，幫傭會不會也覺得奇怪，崔世暻留意著瑞山大嬸的反應。

「好的，我會準備一些水果和飲料上樓。」然而，已經適應了這種情況的瑞山大嬸，裝作沒事正常回應。

崔世暻跟在先上樓的金得八後面，心想對改變了的宋理獻，自己是否反應過度了，但崔世暻一直無法擺脫那種不安的感覺。

正當他們到達二樓走廊時，從樓下傳來了一陣嘈雜的撞擊聲和尖叫聲。崔世暻本能地彎下身子，察看那喧鬧之處，因為一樓的天花板遮擋，只能看到一半的紅色睡衣下的修長美腿，從客廳跑了出來。

「大嬸！大嬸！會長，會長他……」

「唉，夫人請您冷靜，會長已經通知過不能來了。」

「祕書在哪裡？我要和祕書談談，放手！」

那位女人看起來非常不穩定，無法靜止片刻。

身形魁梧的瑞山大嬸，體格比她至少大了一倍，但她還是緊緊抓住幫傭搖晃著，堅持說要見會長，就像被風吹拂的旗幟般搖擺不定，最後筋疲力盡，抓著瑞山大嬸的衣角倒下，一屁股坐在了地上。

在那小小的喧鬧之後，穿著睡衣的纖細身軀重重地倒下，急促地喘息著，即便連自己的呼吸都難以負荷，仍然緊握著瑞山大嬸的衣角不放，她的手因力氣耗盡而滑落，但仍然頑強地抓著，勉強抬起頭來。

「請告訴會長，告訴他，我快死了……我要死了……讓他快點來，救救敏書……」

她那披散著的長髮滑落，露出了側臉，隆起的前額和優美的鼻梁線條，因為哭泣而顫抖的嘴唇，蒼白如蠟的臉頰，儘管她的臉蛋美麗，但讓崔世暻動搖的是她那濃密睫毛下的眼睛，那是一雙懇求的眼睛，充滿了渴望，就像那晚來找他求助的眼神一樣，兩雙眼睛如此相似。

崔世暻緊握著欄杆，他前臂的肌肉隆起，當他要下樓時，金得八從後面抓住他的肩膀阻止了他，把自己的包交給崔世暻拿著說道：「走廊的第一個房間，你先進去。」

金得八走下樓梯，從瑞山大嬸的衣角把女人的手拉開，脫下自己校服外套，披在她的肩上，強迫並扶著她站起來後，她有氣無力地跟著，沒有意識到自己正靠在兒子的身上抽泣著。

金得八抱著她的肩膀，攙扶著她。原本侷促不安的瑞山大嬸快步走在前頭，打開了女人的臥室門，然後聽到她打了一通電話，解釋著某些情況。

「呼……」這不是金得八第一次遇到這種情況，他發出了厭煩的嘆息。

原本哀求著要會長來的女人，突然停止了哭泣，目光瞬間變得鋒利，轉向了金得八，原本悲慘的表情一掃而空，像隻發怒的貓張開了她紅色的指甲，猛力推開金得八，「我到底是為了什麼才生下你！」

雙腿發抖，幾乎站不穩的女人揮舞著手臂，她似乎是左撇子，金得八的右臉被狠狠地打了一個巴掌，女人左手無名指上的戒指，在他的臉頰上劃出了一道紅色的抓痕。

當發洩怒氣的打擊沒有讓她平靜下來時，她開始責怪兒子：「不但沒得到會長的寵愛，竟然還做出讓人厭惡的事！」

從平板電腦上看到宋理獻留下的日記，就預料到他的母親並不正常，但這已經遠遠超出了一個高中生——「原本的宋理獻」所能承受的範圍。

她年輕時是一位演員，正處於事業巔峰時，遇到了會長並懷上了宋理獻，沒有選擇墮胎，因為會長哄騙她，如果生下男孩，他會和現任妻子離婚並和她結婚，當孕肚大到無法隱藏時，被迫暫停了演藝活動，但她沒有想到這會是永久隱退。會長正室接二連三都生了女兒，逼迫她過著足不出戶的生活。

她在生下宋理獻時，不得不放棄了自己渴望的生活，曾經閃耀的生命被壓縮成只剩下「會長」這一個男人。她失去了原本的燦爛夢想，認為自己只剩下「會長」這個選項，對此產生了執著。

宋敏書，仍舊是人們經常提起的回憶中的明星，她正逐漸失去理智，困在小房子裡，無法忍受清醒的痛苦，沉醉於酒精中，她相信會長是唯一的出路，而這樣的信念，正慢慢侵蝕著她自己。

金得八摸著自己的下巴，把偏向一邊的頭轉正。當那深沉的黑暗目光，安靜地凝視她時，氣急敗壞的宋敏書有些畏縮地後退了，近二十年來，她總是被憤怒和其他激動的情緒左右，因此無法感受情緒平靜下來的寧靜。

金得八舉起了手，宋敏書因為酒後鬧事，經常被會長打耳光，她因恐懼而臉色蒼白，她甚至未能認出自己的兒子，像個想隱藏身體的小動物，笨拙地蜷縮著，她的眼珠不安地顫動著，用那剩下皮包骨的手死握著絲質睡衣。

然而，舉起的手並沒有打宋敏書，金得八反而輕輕抱住她的後腦杓，將她的頭拉到自

己的肩膀上，然後用手指輕撫著她，用沙啞的聲音輕聲細語：「妳已經很漂亮了，為什麼非要從會長那裡得到讚美。」

瑞山大嬸曾說，宋敏書在二十歲時生下了宋理獻，這樣算來她剛好四十歲，但因為童顏看起來更年輕，這讓金得八想起了他在木浦的年幼妹妹，因為父母不讓他上學，為了反抗不告而別隻身來到首爾，那時的妹妹，現在也該和宋敏書差不多年紀了。

金得八因為從未好好扮演過哥哥，甚至已經記不清妹妹的容貌，對他來說這一直是心中的痛，所以，他心甘情願地給宋敏書依靠的肩膀。

「跟我說吧！別去找會長，跟我說，我都接受的。」

——也別跟「宋理獻」說，別對那可憐的孩子說這些。

在那笨拙的安慰之手不斷地安撫之下，某個瞬間，肩膀漸漸濕透了。宋敏書瘦弱的身軀在顫抖，壓抑著哽咽的哭聲，直至那強忍的哭聲演變成孩童般盡情的嚎啕為止，金得八一直平靜地輕撫著她的頭髮。

當主治醫師到來，並確認因哭泣而筋疲力盡的宋敏書躺在床上打點滴治療後，金得八才上樓。

這期間，崔世暻一直守在樓梯中間，俯瞰著宋敏書和宋理獻母子，崔世暻一臉震驚，忘了禮節，他的腦海不斷在重播金得八擁抱宋敏書的那一刻。

金得八從他手中拿回了自己的背包。

「不是叫你到房間等，看什麼啊？」

這並非一般家庭會發生的吵鬧，金得八認為崔世暻之所以僵立不動，是因為剛才的情況。崔世暻的聲音因為喉嚨緊繃而變得沙啞：「對不起。」

「你沒有必要說對不起。」

然而，崔世暻之所以僵住不動，並非因為目睹了那場令人震驚的吵鬧，而是金得八抱著宋敏瑞的行為，彷彿在長時間迷路的迷宮中找到了出口，這種感覺讓他感到震驚。

崔世暻幾乎是帶著執念般地尋找宋理獻，卻不知道自己究竟想要做什麼，他曾認真地思考過，是否開始喜歡上了宋理獻，放下偏見後深思熟慮，但無論他怎樣想，他都不認為那是喜歡的感覺，他的心並沒有因此而激動或感到心動，反而更像是一種罪惡感。

下雨那天，宋理獻做出那種拙劣的威脅，他最後的模樣讓崔世暻無法心安，因此，他只是決定要找到宋理獻並幫助他，但並沒有想到自己具體該做些什麼。

但是，看到金得八抱著和「原本的宋理獻」有著相似表情並哭泣的宋敏書安慰她時，崔世暻意識到了自己真正想做的事。

崔世暻意識到，他想要像那樣擁抱宋理獻。

崔世暻站著不動，用手摸著額頭。因為沒能那樣做，錯過了那個孩子。那個冬天像是患了病，帶著低燒尋找著他，隔年春天又在懷疑中掙扎著，最終來到這裡。

金得八走上樓梯，發現崔世暻沒有跟上來，便回頭瞥了一眼。

「不要因為浪費時間而覺得委屈，我明明說要去別的地方，是你堅持要來我家的。」

「我不是這個意思。」

「不是就好。」

金得八打開了房門，做了一個讓崔世暻先進去的手勢。崔世暻用摸著額頭的手輕撫過

乾燥的臉頰，接著爬完剩餘的樓梯，走進了房間。

房間裡的樣子很平凡，和大多數高中生的房間一樣，唯一特別的是，在房角的全身鏡旁邊，像健身房那樣排列著各種運動器材，看到瘦弱的宋理獻，準備這些運動器材本身就讓人懷疑，但金得八看起來卻很自信。

「隨便搜吧！這不就是你來我家的目的嗎？」說完這句話後，他走向衣櫃，脫下了校服襯衫。

因為宋敏書的淚水，不僅襯衫濕了，就連底下穿的T恤也被弄濕了，他交叉雙臂脫下T恤，瘦削的背部在穿著短袖T恤的動作中，脊椎和肩胛骨凸顯了出來。

崔世暻對於房間主人在有客人的情況下還毫無顧忌地換衣服的這種行為感到無言，但好笑的是他隨即又想到，如果是那個「宋理獻」，絕對會顧慮別人而出去換衣服。

最後他決定放下背包，完成他來這裡的目的。

崔世暻仔細看了書架上書本的標題，打開了衣櫃和所有的抽屜，但並沒有發現任何綁架或禁錮的跡象，當他俯身檢查床底下時，聽到金得八哈哈大笑，這讓崔世暻的臉微微泛紅，但仍然不能消除他的懷疑，獨棟住宅很寬敞，有很多空間可以完美地藏匿一個人。

換上居家服的金得八，彷彿讀懂了崔世暻的心思，在房間中央展開了一個折疊桌，然後開口說道：「回家前，把車庫和地下室都仔細搜一遍吧。」

金得八那種沒有任何內疚的自信態度，讓正在仔細搜查房間的崔世暻感覺自己像個傻瓜，有些惱怒地咬著嘴唇。但在金得八眼中，崔世暻只是有些生氣，於是又笑了起來。

那種笑聲似乎在嘲弄他，崔世暻停下手中的動作，盤腿坐在折疊桌的對面。

到了這個地步，崔世暻開始懷疑自己，是否對此事過度敏感，甚至到了精神病的程度，家裡和學校，還有幫傭都無人懷疑，甚至連他那所謂的母親都抱著改變了的宋理獻哭泣，唯獨外人的崔世暻還對宋理獻抱有懷疑。

不過，崔世暻的敏感神經讓他無法接受宋理獻的變化，他認為一個人無法改變與生俱來的性格特質，自己一生都在父親的監視下生活，不可能在短短一個季節就徹底改變。對於宋理獻能夠如此快速地改變天生的性格特質，他感到難以置信。

難道他們真的沒有察覺到任何不尋常之處嗎？是因為「變化後的宋理獻」更加隨和、有魅力，所以他們才不懷疑嗎？「變化後的宋理獻」用「原本的宋理獻」無法做到的方式解決了問題，所以沒有必要費力去尋找麻煩的「原本的宋理獻」。

想到這裡，崔世暻突然抬起頭來。

一直用纖細的手腕撐著下巴的金得八，露出了得意的笑容道：「怎麼了？不再找找看嗎？如果真的宋理獻在地下室被綁住手腳的話，該怎麼辦？」

面對惡意的玩笑，崔世暻那敵視表露無遺，當他的眼神變得凶狠，原先未曾察覺的高大身形和寬闊堅實的肩膀氣勢逼人。

原來崔世暻還會露出這樣的表情啊！

那凶狠的眼神其實頗有用處，金得八津津有味地觀察了一會兒，然後停止了嘲弄，把一張攤開的模擬考考卷推了過去。原以為崔世暻只會像傻瓜一樣傻笑，但在只有他們兩個人的房間裡，他的表情卻出奇地多變，所以才招惹他，不過興致很快就消失了。

「算了，先解這個看看，你其他科目成績好嗎？」

「比你好啦。」雖然捉弄人的人可能會覺得有趣，但對於被捉弄的人來說，那可是最糟糕的。

崔世暻的眼神仍帶著敵意，金得八心想自己捉弄過對方，打算網開一面，但畢竟對方是崔世暻，考慮到他對宋理獻的執著或是被壓抑的性情，金得八冷冷地斥責道：「你太囂張了。」

「你自己不會，為什麼說我囂張？理獻啊，啊，你不是理獻，應該怎麼叫你呢？綁架犯？身分盜用者？你說啊，就我們倆你就別裝了。」崔世暻見自己的挑釁成功地刺激了金得八的神經，便加大了挑釁的強度：「你綁架了原來的宋理獻，然後把他關在地下室，我知道了，怎麼辦呢？你現在要把他轉移到其他地方，肯定很煩吧！警察今晚就會來，你是不是打算先殺了我？」

諷刺的話讓嘴角的肌肉放鬆，崔世暻露出嘲笑的表情。

傍晚的餘暉滲透進來，將白色校服襯衫染成了淡淡的紅色，以鼻梁為界，陰影深深地覆蓋了臉部，他的上半身向桌子前傾，「偷別人的人生過活，感覺如何？」

那是一句悄悄話，假的宋理獻似乎被戳中要害，身體突然僵住。崔世暻輕聲嘲笑著：「你看起來很享受呢，看來你很喜歡學校的生活。」

「你這個臭小子……」壓抑的怒氣從牙縫中溢出。

偷別人的人生，這是金得八在使用宋理獻的身體時，不知不覺中所擔負的罪惡感。崔世暻無意中觸碰了金得八的禁忌，隨著他的憤怒加劇，崔世暻的笑容也越來越深。

「奪走了宋理獻應該享受的一切，滿足嗎？」

不滿足，無論多麼渴望回到學校，但過著原本屬於可憐且年輕的宋理獻的日常生活，這不可能讓人感到滿足的。捲入宋理獻所造成的事故而死去，就算是為了宋理獻的復仇，但那份占據了一個年幼孩子身體的罪惡感，就像沉重的錘子般如影隨行，然而，儘管被罪惡感折磨，但這並不意味著他就得受到崔世暻的指責，金得八伸出了手。

以為看到了假宋理獻扶著桌子站起來，但不知不覺中，崔世暻的領帶被抓住，拽了過去，他試圖抓住桌子撐住，然而金得八已經將領帶纏繞在手掌上，崔世暻被扼住喉嚨，幾乎是面朝桌子被拖了過來。

金得八用手肘重擊桌子，將崔世暻拉近，近到彼此的鼻尖幾乎相觸。

「少說些廢話。」警告伴隨著喉嚨深處的凶猛共鳴，他們的距離近到足以看清宋理獻褐色虹膜中的黑線，改變後的他所發出的怒氣，如針刺般地從他那毛髮豎立的皮膚上傳遞過來。

崔世暻預料自己可能會被打，畢竟是他刻意挑釁對方，就像之前打洪在民那樣，他也會被打，為了對應即將受到的衝擊，他緊咬牙根。

撞擊很快發生了。額頭上那如豆般的撞擊，讓崔世暻目瞪口呆，眼珠顫動著，金得八用自己的額頭，撞擊崔世暻的額頭後，深吸了一口氣，肋骨上下起伏，那充滿怒火的褐色瞳孔，隨著他閉上眼睛而被遮蔽。

「不管你怎麼胡說八道，我就是宋理獻。」似乎並未完全保持冷靜，抓住並拉扯崔世暻領帶的手腕骨頭明顯突出。

還是個孩子，一個還沒成年的孩子，稚氣未脫，只是長得高大而已。

忍耐吧！保持風度，對一個孩子發火是不對的。

金得八努力壓抑情緒，並在心中反覆告誡自己，他有能力用領帶纏住崔世暻的脖子，制服這個傲慢的小子，但努力忍住怒氣，讓他更加煩躁。幸好這是宋理獻的身體，不用擔心高血壓的問題，金得八在稍微平靜下來後睜開了眼睛。

「等等吧。」在冷靜的語調中，氣息輕輕相觸。

在額頭相貼的距離下，感覺到對方的呼吸時，崔世暻不由自主地將微微顫抖的嘴唇捲入口中咬緊。然而，只專注凝視著崔世暻黑色瞳孔的金得八，以認真的口吻繼續說話：

「再等等吧！會如你所願的，乖乖地等著吧。」

當宋理獻的靈魂歸來時，崔世暻也會滿意的，這是他所能做到的極限了。

崔世暻不是為了聽到這種模糊的答案而挑釁假宋理獻，他想知道還要等多久？宋理獻是否目前無法回來？想要更明確地了解他的狀況，但因為對方額頭的威力和那雙帶著苦澀的低垂眼眸，他無法再追問什麼。

崔世暻以為自己會被趕出去，因為假宋理獻看起來真的很生氣，但是，當他說要去洗手間後離開房間，卻帶著裝滿水果的托盤回來，然後只是抱怨他為什麼不打開書，並沒有趕他出去。

崔世暻按照他的要求，解答了模擬考的題目，然後他們各自打開了要學習的內容，除了偶爾金得八問一些不懂的問題之外，兩個人都沒有閒聊，專心地投入到學習中。

當窗外的天空逐漸變暗之際，連社會科目的錯題筆記也完成的金得八，伸展著僵硬的身體。崔世暻因為錯誤不多，早就完成錯題筆記，此時正在學習其他科目，他將一隻手臂擱在桌上，以此支撐著上半身，全神貫注地轉動著鉛筆。

崔世暻成績優異並非毫無道理，他甚至沒有注意到金得八伸展身體的聲音，繼續專注於解題本中的問題，金得八為了不打擾崔世暻，將手機調至靜音模式，然後開始確認積累的訊息。

群組聊天中，紅色圓圈內的未讀訊息數量不斷增加。

「K歌亭是什麼？」

正在非文學題目上劃線的崔世暻，筆尖突然斷了。他不敢相信自己的耳朵，抬起頭來，但金得八正忙著看手機螢幕，在年輕人的群組聊天室裡，文字和圖片快速閃過，要跟上對話需要高度的集中力。

金得八皺著眉頭專注地閱讀著訊息，「他們在K歌亭，叫我過去。」

「誰呀？」

「女生們。」

金妍智和……金得八說出了妍智朋友們的名字，他的紳士風度讓他得以受邀進入她們專屬的聊天室。

崔世暻本想從背包裡拿出手機，但又放了回去，金得八被邀請在討論K歌亭的聊天室，他並沒有被加入，所以沒有必要查看訊息。

「要去嗎？」

「我是問K歌亭是什麼？」

「你是真的不知道才問的嗎？」崔世暻並非想挑起事端，純粹出於驚訝，但卻讓金得八感到難堪，於是他找了一個牽強的藉口。

「……因為意外受傷，所以不記得了。」

如果連日常用語都不記得，是不可能正常生活的，除非他想用叉子梳頭髮，用沐浴乳來保濕皮膚，不然就得住院接受治療，崔世暻雖然不相信金得八的藉口，但也沒有追問，只是乖乖地告訴了他，不想再和他爭吵，即使是微不足道的爭執也是。

「K歌亭是指電話亭KTV，在一個如同電話亭大小的房間裡，設置了一臺點歌機，只要投五百元⑦硬幣就可以唱一首歌。」

「KTV？」

不記得電話亭KTV，卻記得KTV嗎？崔世暻想挖苦他，但忍住了，只是點了點頭。但還沒完全適應青少年生活的中年大叔，對許多事都很好奇，「不用預訂包廂嗎？」

「什麼？」崔世暻驚訝地瞪大了眼睛，這次連金得八也是一樣的反應，「KTV」在他們腦海中的形象大相徑庭。他十幾歲時，為了謀生在工廠工作，甚至混過黑社會，根據他第一次去酒店KTV的印象，那裡是一個墮落的場所。

金得八流著冷汗解釋：「不是，我指的KTV是在包廂裡叫小姐一起玩……不對，對不起，算了。」

當崔世暻聽到叫小姐的話時，對他投以一種比野獸還不如的目光，金得八識相地選擇

註釋⑦　此處幣值為韓圓，根據時下匯率換算為新臺幣五十元左右。

了閉嘴，不停地舔著乾燥的嘴唇，坐立不安。崔世暻斬釘截鐵地說道：「我們只是唱歌娛樂而已。」

「嗯，嗯，對……」

「我們不叫小姐、不喝酒、不抽菸，你到底在想些什麼呀？」

金得八擦去額頭上的冷汗，崔世暻仍舊不改其輕蔑態度，他假裝若無其事，小聲念著國文課文。

「現在的孩子們都在健康地玩樂啊……真是太好了……」他的肩膀就像被打敗的小狗尾巴一樣垮了下來，因為受挫而萎縮的金得八有點可憐，讓崔世暻有點同情，於是收起了蔑視的眼神，繼續做他的題目，他專注力強，很快就又沉浸在問題裡了。

但金得八的心早已飄到別處，他沒有看題本，只是轉動手中的筆，顯得心不在焉。過了一會兒，他用手撐在身後的地面，頭部後仰，但是因為燈光太刺眼，他很快又把頭回正。他眼中閃爍著期待的光芒，即使在耀眼的光線下也不減其閃耀，他的嘴唇微微動著，似乎在計劃著什麼。

「崔世暻。」金得八解開了他在桌子下的盤腿坐姿，伸直了雙腿，當他用腳趾頭輕碰崔世暻的膝蓋，崔世暻抬起頭來，彷彿在問為什麼要這樣。

「一起玩吧。」眼睛輕微閉合，原先鋒利的氛圍盡失，宋理巚那稚氣的臉蛋，看起來就像是一個天真爛漫的小淘氣，顯得特別開朗。

宋理獻住的房屋藏著許多祕密，即便是夜晚也不會開啟外部照明，雖然城市閃爍的燈光足以照亮花園，足以讓人分辨方向，但崔世暻以害怕跌倒為由，抓住在前面帶路的金得八的連帽衫跟著他。

他瘦弱的身軀披著一件過大的連帽衫，隨著他的動作輕輕擺動，厚重的帽子上方露出細長的脖子，伸出袖子外的纖細手指，及膝短褲下緊繃的光滑小腿，都讓人聯想到像野鹿一樣的草食性動物。從改變了的宋理獻身上，偶爾能發現脆弱的一面，這讓他有時看起來又像原來的宋理獻。

「喂。」但是，當他表現得毫無顧忌時，完全看不出他和原來的宋理獻是同一個人。這次也是金得八抓住門把，讓世景先行。關上大門後，金得八輕巧地跳下來，由於體重輕，看起來像是輕鬆地一躍而下，似乎被不斷滑落的袖子所困擾，隨便地捲起了袖子。

崔世暻抓住了金得八的手，感受到了宋理獻未曾經歷艱辛的柔嫩手掌，他將宋理獻堆積在肘部附近的連帽衫袖子拉平，並整齊地摺好，然後伸手示意表示要幫忙摺另一手的袖子，金得八順從地配合了他。

「你買的衣服太大了。」

「以後還會長高，所以買大一點的。」

——都快步入二十歲了，還能長多高呢……

但即使如此，崔世暻也不喜歡打破別人的希望，默默地為他摺好了袖子。

當他們走向大路，崔世暻拿出手機準備叫計程車，並轉頭問道：「他們去的那家K歌亭在哪裡？」

「我們不去那裡。」

那麼他們出來是要去哪裡呢？崔世暻試著猜測可能的目的地，但他本來就不知道宋理巘會去哪裡。

當他們走過長長的巷子，離開住宅區時，著名街道上的時尚咖啡廳開始逐漸出現。在路燈投下的蒼白光芒中，街道上車水馬龍，人行道上人群熙攘。

金得八向路邊揮手，招了一輛計程車，他打開計程車後座的門，示意崔世暻坐進去，對方順從地上了車，但似乎感到有些不安，抓住車門不放，「他們不是叫我們過去？你不想去 KTV 嗎？」

「我知道你討厭吵鬧的地方，幹麼還要帶你去？」崔世暻半坐在計程車上停頓了一下，金得八靠在敞開的車門上問道：「你想去 KTV 嗎？」

「……不想。」

「那就上車吧！司機在等了。」金得八輕輕推了崔世暻，進入車內後關上了車門。

雖然沒有說出口，但這種細心的體貼，讓他感到既尷尬卻又不討厭。崔世暻尷尬地摸了摸臉頰，他似乎明白了為什麼女生們會喜歡變化後的宋理巘。

「你們要去哪裡？」年紀稍長的計程車司機，透過後視鏡與他們對視並問道。

崔世暻默默地催促宋理巘趕緊說出目的地，因為外出顯得有些興奮的金得八，臉色有些紅潤。崔世暻因為白天忍不住發怒的事，以及金得八那略帶苦澀的低垂眼神一直掛念在心，這時他的心情也跟著變好了。

當他發現自己不自覺地在微笑時，崔世暻驚訝地摸了摸自己的嘴角，但是，當聽到宋

理獻的問題時，原本微笑的嘴角瞬間扭曲了。

「現在的孩子們都去哪裡玩啊？」

✿ ✿ ✿

在空氣中飄蕩著爆米花香味的電影院裡，似乎形成了一種對兩個少年若有似無的關注，在附近閒逛的女人們捂著嘴，指向了某個角落，「那是校服吧？那個高個子是學生嗎？啊，真可惜。」

「旁邊那個很可愛啊？」

「不過看起來脾氣不小，而且很幼齒，是哥哥帶著弟弟來看電影的嗎？」

根據她們的竊竊私語，在角落坐下的兩名少年中，背靠牆的高個男生如果沒穿校服，幾乎認不出他是學生，因為他看上去非常成熟，但他身上依然留有一絲少年的氣息，給人一種溫柔的印象。

另一方面，坐在高腳椅上的小個子男生，戴著黑色棒球帽，他那充滿叛逆的凶狠眼神，即使在帽簷的陰影下，也無法被完全掩蓋，可能是因為他那稚嫩的面孔，或是臉頰塞滿爆米花的關係，他看上去並不可怕。

崔世暻手中拿著可樂，金得八則是戰鬥般地吃著爆米花，他們在電影院的等候室裡等待電影開始，會來到電影院，完全是因為金得八好奇心的驅使。

「現在的孩子們都去哪裡玩啊？」的問題，不就等於承認「我不是宋理獻」嗎？之前宋理巘像大叔一樣的行為，曾讓他覺得有趣，但現在只覺得煩躁。崔世暻抑制住了想打電話給警察或醫院的衝動，他揉著太陽穴，回想自己最近都做了什麼娛樂。

提到崔世暻的日常活動，大部分忙於參加各種補習班，但小學時期，他經常放學後和朋友們踢足球，到了中學時期，他經常光顧網咖，高中時期雖然仍然常去，但也會跟著潮流去 VR 遊戲店或密室逃脫店。

在十一年的學校生活中，隨著年齡的增長，他體驗了許多娛樂活動，但有一項活動始終維持人氣，不受潮流冷熱影響。

在連鎖湯飯店吃過晚餐後，崔世暻帶金得八來到了電影院，雖然是來看電影的，但興奮的金得八在電影院的手扶梯上發現了一家運動服裝店，進去試穿了幾件衣服後，買了一頂棒球帽，對崔世暻說「你辛苦了」，也給他買了禮物。

這是幫他學習而表示感謝的禮物嗎？崔世暻皺著眉頭，把購物袋舉到眼前。

對金得八來說，這是為了感謝他陪一位「大叔」一起出來玩而買的禮物，但崔世暻並不知道這一點。

和立即取下吊牌戴上帽子的金得八不同，崔世暻的手上拿著印有運動服裝品牌標誌的購物袋。

「幫我拿一下。」當他褲子口袋裡的手機震動時，崔世暻遞出了他的可樂，吃膩了甜鹹相間的爆米花，金得八接過可樂後大口地吸著吸管。崔世暻從口袋裡拿出震動的手機，轉身接了電話，他沒走遠，所以通話的聲音傳了過來。

「是的。我現在正和朋友一起看電影。這樣嗎？嗯……我稍後再打給您。」

雖然他的話語中充滿了尷尬，但當崔世暻結束通話轉過身來時，臉上浮現了一絲厭煩和蔑視，這種表情雖然很快就消失了，但是金得八沒有錯過那瞬間的變化。不過，不明白崔世暻的心情也不是一兩天的事，所以他沒有因為看到這一幕就做出直接的反應，而是裝作沒有看到。

他只是在心裡罵著那狡猾的狐狸、狡詐的蛇，但表面上卻表現得若無其事。

「父母嗎？」

「不是，是幫傭大嬸。」

「有什麼事嗎？」

崔世暻猶豫了一下，接著小聲地說出了心裡的話：「其實我是有門禁的。」

「你嗎？」

崔世暻覺得害羞，用手背遮住發紅的耳根，目光投向遠方，「……十點以前，最近忙著晚自習，所以忘記了。今天不用晚自習，我又還沒回家，所以打電話來了。」

「嗯，不管長多大，在父母眼裡都是孩子。」話雖如此，但金得八還是懂的，如果那個門禁是為了防止崔世暻惹麻煩而定的話，他無意中看破了崔世暻父親的意圖。

金得八伸長脖子看了看影院入口掛著的電子時鐘，他們訂的電影票是晚上九點五十五分開始放映，而現在是九點四十分，金得八從高腳椅上跳了下來。

「走吧！我送你回家。」

既然帶了別人家有門禁的寶貝孩子外出，就應該安全地送他回家，沒等崔世暻回答，金得八就要離開電影院，但帽T的帽子被抓住了。

崔世暻顯得相當急切，為了阻止假宋理獻離開，他緊緊地抓著他的帽子不放，「看完再走。」

「你不是說有門禁嗎？」

「不會被罵的，沒關係。那只是形式上的門禁，只要事先說一下我在哪裡就行了。」

果然是因為擔心崔世暻惹麻煩才定的門禁，金得八輕輕嘲笑，雖然不知道該如何解讀。崔世暻搶走了爆米花桶，大步走向放映廳入口，他不想因為自己搞砸金得八的外出。

「喂，把爆米花還給我。」

剛開始吃時覺得非常美味，但現在吃得太多已經有點膩了的爆米花，被崔世暻如同挾持人質般地搶走了，這幼稚又可愛的舉動，讓金得八帶著笑意跟了上去。

電影結束後，他們離開電影院時已經過了午夜。

金得八靠在計程車的玻璃窗上，眼睛追隨著窗外的城市風景，那條街看起來似曾相識，原來是他混黑社會時去過幾次的地方。曾混過黑幫的他，和白天相比，更加熟悉夜晚的風景，那個路燈光線無法觸及的寧靜大道後面，曾經是他生活的領域。

他之所以選擇加入黑社會，只是因為他沒有其他謀生之道，並不是因為他想要成為那樣的人所以留戀那樣的生活，不過，他親自收留的部下，卻經常像現在這樣浮現在腦海中，他們都有各自的傷痕，是被不幸的家庭環境，或現實的壁壘所打擊和迷惘的人，他無

法對那些流浪的靈魂視而不見，於是開始收留他們。

他們都是金得八收留的，就像撿流浪貓一樣，想起那些曾經勸他不要隨便收留人的傢伙們的譏諷，金得八沉浸在懷舊的氛圍中，他甚至沒有好好跟他們告別，不知道他們現在過得怎麼樣……

和他並肩坐在後座的崔世暻接起了家裡來的電話，只聽見崔世暻的聲音傳了過來：「我正在回家的路上，坐上計程車了。不是，是同班同學……住在同一個社區。好的，您早點休息吧。」

離開電影院時，金得八想先讓崔世暻坐上計程車後自己慢慢走回去，於是問他住在哪裡。他突然想起「原來的宋理巘」曾去過崔世暻的家門口，心裡有些後悔。但崔世暻似乎並不介意，只是在路邊四處張望，然後用 APP 叫了一輛計程車，讓金得八上車，跟著上車的崔世暻，告訴司機要去的社區名稱。

當計程車駛進社區時，崔世暻輕輕碰了金得八隨意放在座椅上的手指，金得八靠著窗戶轉過頭看向他，崔世暻問道：「想走一走嗎？」

——你不是要早點回家嗎？金得八感到疑惑，但想著崔世暻自有分寸，便點了點頭。他心裡也有些不安，不禁又想起了他的部下們。

計程車停在住宅區附近一條著名的咖啡街上，由於時間已晚，大多數咖啡廳已經結束營業，只有賣酒的店家仍在昏暗的街道上閃爍著微光，種植在街道旁的櫻花盛開，花瓣在月光照耀下飄落。

被夜空吸引抬頭仰望的金得八，試圖伸手去抓住那些飄落的櫻花瓣，但那些花瓣卻在他手指間輕輕滑落，當他低頭追逐櫻花瓣時，視線落在了運動鞋上，和他並肩而行的崔世暻，不知何時擋在金得八的面前，並伸手展示他抓到的櫻花瓣。

「我可以幫助你。」

「沒大沒小。」金得八帶著微笑心想，原來他的目的是這個啊。

不過是個孩子，還想要幫誰啊，而且金得八並不需要幫助，他沒有接過崔世暻遞給他的櫻花瓣，而是踢著地上壓扁的空罐頭，就像踢足球一樣走著。

崔世暻跟在他的身後，試圖說服他：「如果你沒有身分，我可以幫你取得身分；如果你和犯罪有關聯，我也可以提供法律的協助，我的母親經營著一個基金會，你還可以得到經濟的支持，我的意思是，你不需要再假扮成宋理獻了。」

看到崔世暻借助父母的能力模仿著大人的行為時，金得八再次感受到他還是個孩子的事實。

他擔心崔世暻會因為年輕氣盛而魯莽行事，於是開始對他說教：「別年紀輕輕的就惹事生非，給父母添麻煩，好好唸書，別像今天這樣違反門禁，努力考上好大學，找份好工作，然後結婚生子。明白了嗎？」

崔世暻一直默默聽著，突然間橫切過去，用力踢開了那個壓扁的罐頭，「砰」的一聲罐頭撞上了某個住宅的鐵門，然後彈了回來，住宅內的狗狂吠起來，自動安全系統不停地閃爍著。

「喂……」

對突如其來的行動，金得八驚訝地轉過身，這時崔世暻已經拉著他的手，往相反方向

跑去，當警報聲越發響亮，金得八意識到情況不妙，便跟著一起狂奔，這種時刻，唯有三十六計，走為上策。

金得八不熟悉這個社區，只能跟著崔世暻奔跑，為了追上他那修長的雙腿，不得不用盡全力地跑，當他被推向一堵不知名的牆邊時，因為劇烈奔跑，他雙腿發軟。

崔世暻將手撐在金得八臉旁邊的牆壁上，背對著月光，宋伊獻瘦小的身軀被陰影整個籠罩。

「我年紀不輕了。」崔世暻的頭髮凌亂，急促地喘著氣，但他的眼神堅毅，講話清晰，似乎對被當成小孩感到不滿，他再次強調了自己的立場：「至少，我已經長大到可以被你利用的程度了。」

「喂，因為我說你年紀輕，你就……」

大半夜的疲憊地奔跑，已經讓金得八很憤怒，被捲入這種孩子氣的行為，讓他憤怒地咬牙切齒，但崔世暻沒有聽他說完就退後了，後退時仍然緊盯著金得八，金得八越是咬牙切齒，崔世暻看起來越是開心。

「走了。」

當兩人之間的距離拉開一定程度後，崔世暻才轉身跑開，留在原地的金得八這才意識到這條巷子似曾相識，他背靠的牆上爬滿了熟悉的藤蔓，原來崔世暻跑向的地方是宋理獻的家門口。

第七章

人是不會改變的

三月即將結束之際，午餐時間的陽光格外刺眼。

占據校園一角的籃球場異常喧囂，後來發現是學生們圍在那裡，原先在第一節課昏昏欲睡的眼睛，在發現有趣的景象後突然明亮了起來。

矩形籃球場上奔跑的少年停下來，在原地拍打籃球，宋理巘拍打著比自己手掌還要大的籃球，和防守在籃框下的男生們對峙。

雙方已經跑了一會兒，大伙兒滿身大汗，粗暴地喘氣。

由三個人組成的對方隊伍，提防著獨自一人的宋理巘。他們三人氣喘吁吁，人中冒出的汗水沿著嘴唇滲進嘴裡，使他們的嘴裡鹹鹹的，但他們連口水都不敢吞，全神貫注地在比賽上。

率先結束探索戰的是宋理巘，他瘦弱的身體突然在籃球場上踏出了一個猛力的腳步。

「擋住！」

對方隊伍使勁張開雙臂，不斷左右移動以擴大防守範圍，但未能阻止如泥鰍一樣靈活的宋理巘，他巧妙地運球，球彷彿與他的手掌緊密相連，他低下身體，迅速從對方球員的手臂下方穿過。

宋理巘迅捷抵達籃框前，瞬間躍起，他的運動鞋前端被壓得皺巴巴，襯衫下的白色T恤上揚，露出結實的腹肌，手腕輕輕一揮，投擲的籃球繪出了一條拋物線，在熾熱的陽光之下，籃球如同一個黑點，在空中劃出了一道通往籃框的長軌跡。

籃球穿越籃框，籃網隨之劇烈震動，在場邊圍觀的學生們歡聲雷動。

「哇啊！」

如此一來，比分變成了三比一，宋理巚獨自拿下三分，實際上勝負已定，輸掉比賽的男生們怒火中燒，呼吸更加急促。

男生們跑到幾乎喘不過氣來，有的倒地坐下、有的彎腰喘氣，而走近的宋理巚只是輕輕拂去額頭上的汗水，宋理巚盡情地運動後，臉上露出了一種暢快的表情，然後用眼神指向夾在腰側的籃球，開口說道：「按照約定，球我拿走嘍？」

籃球的主人李在雲，雖然氣到咬牙切齒，但約定就是約定，他知道在籃球比賽中耍賴不給賭注的話有多麼丟人，所以即使心痛，也沒有堅持不給宋理巚那顆他用零用錢買的昂貴籃球。

那顆籃球才買沒幾天，還很新……在自己最有自信的籃球比賽中輸掉，已經夠氣的了，現在連籃球都被搶走，李在雲心焦如焚。

禍根正是在廁所認出了正在洗手的宋理巚。應該直接去籃球場的，不然就是閉上嘴巴，因為不想和那個同性戀共用廁所，但對於要到二樓上廁所感到煩躁，離開時隨口一句抱怨，引發了這個麻煩，「從人性角度來看，同性戀不是應該用女廁嗎？」

李在雲聽說宋理巚剪短頭髮後，變成了武林高手，甚至用飛踢讓洪在民變成太監，這些傳聞雖然都聽過，但實在太荒謬，所以他認為都是假的。

對於喜歡運動且體格健壯的李在雲來說，這些傳聞有些誇張，他是隔壁班的，偶爾見到的宋理巚雖然眼神凶狠，但並不起眼。

說實話，他覺得宋理巚就像那些能看頭頂的女生一樣，手腕又纖細，這讓他對宋理巚掉以輕心，才會說出同性戀該去上女廁那樣的話。

當他們看到宋理巚獨占了廁所，準備離開時，宋理巚從後面叫住了他們：「喂。」

宋理巚透過鏡子與他們對視，他在洗手檯洗手，只抬起眼睛，用三白眼般的目光掃視他們，看見李在雲腰間的籃球，嘴角輕輕上揚。

「喜歡打籃球嗎？」

結果就是這樣。

當宋理巚對李在雲和他的朋友們說，你們組成一隊上場和他比賽，大家都覺得宋理巚膽大妄為，但比賽進行了十分鐘後，他們不得不改變自己的想法。

身材瘦小的宋理巚，雖然體格不佳，但基礎體能和運動神經都很好，他的校服下可能藏著緊密交織的肌肉，關鍵是他的籃球技巧，感覺和業餘籃球隊的教練相似，他故意露出破綻，球好像會被搶走，但他始終沒有讓球離開自己。

最後，在三十分鐘內，他們完全被宋理巚玩弄於股掌之間，和其他氣喘吁吁的人不同，只有宋理巚還能夠正常站立，這讓他們無法抹去自己像是訓練犬的感覺。

宋理巚用手背擦去下巴上的汗水，然後炫耀似的拍打著籃球。

「不回答的話，我就真的拿走了。」這話的意思是，如果他們說不給，他就會把籃球還回來。

到最後都在摧毀他們的自尊心，真是個討厭的傢伙。

當李在雲咬著牙，緊盯著他，宋理巚無奈地聳了聳肩，接著把球取回並夾在腰側。

當宋理巚離開籃球場的背影逐漸遠去，李在雲像看宿敵一樣怒視著他，然後突然站了起來，努力壓抑自己的憤怒，握緊了顫抖的拳頭，大聲喊道：「宋理巚！」

宋理獻停下了腳步，他稍微傾斜上半身，轉動夾著籃球的側腰。

「明天再比一場！」

但是，宋理獻沒有回答，只是輪流看著坐在籃球場上的兩名男生，即使是宋理獻先提出挑戰，但面對三對一的不公平比賽，李在雲突然覺得羞恥，即使臉色通紅，他也沒有收回自己的話：「組正式的隊伍，再比一場。」

宋理獻輕輕地扭曲嘴色，仍舊不發一言，只是默默地打量著李在雲，當緊握雙拳的李在雲身體僵硬地站著，喉嚨因緊張而顫抖時，宋理獻不禁笑了起來。

「就這麼辦吧。」

在刺眼的陽光下，他那模糊的側臉上，只有那光滑的嘴唇勾勒出鮮明的弧線。

回到教室的金得八，打開了教室後方的儲物櫃，按照號碼分配的儲物櫃很長，而且相當寬敞，足以容納一顆籃球，把教科書、題本和體育服整齊地放好之後，金得八把籃球塞了進去，心裡對那個本來應該使用這個儲物櫃，但現在卻不知去向的靈魂默默給了忠告。

——如果要回來，就等畢業後再回來吧！

對弱小的宋理獻來說，學校是一個難以承受的地方，即使是金得八，當在廁所洗手時突然聽到有人叫他同性戀，他的心也會瞬間沉了下來，那些沒有霸凌經驗的孩子往往會更加殘忍，因為他們不知道對方會受到多少傷害，所以不會節制自己的行為，最後，受傷的總是那些弱者。

——這樣的話，倒不如等我畢業，到了可以自行決定身邊的人的年紀時，宋理獻的靈魂再回來更好。

金得八將塞在襯衫胸前口袋裡的領帶也扔進去，然後關上儲物櫃。他抓起襯衫領子搖晃，想要消除襯衫下的熱氣，但是烈日下的熱氣難以快速消散，於是他對聚在教室角落的一群女生喊道：「妍智！風扇借我。」

雖說三月提到風扇，似乎有些不合時宜，但是正在和同學聊天的金妍智，連看都沒看就回答道：「在我的儲物櫃裡——你自己拿。」

金得八不是第一次借用這個風扇，他打開金妍智的儲物櫃，取出一臺手持風扇，然後把它放在下巴底下。

嗡——隨著風扇的轉動，從葉片中吹出了冷風，被陽光曬得通紅的皮膚在冷風中逐漸降溫，恢復成能隱約看見血管的膚色。

女生們似乎完全忘記了季節感，她們的儲物櫃裡，從暖暖包到電風扇應有盡有，那些參加晚自習的學生們尤其誇張，金得八自從看到一個熱愛咖啡的女生，把各種品牌的即溶咖啡放在她的儲物櫃裡，宛如開了一間咖啡店時，他就放棄理解了。

他反而利用他的大叔閱歷，厚著臉皮獲得好處。

這時一位手拿著保溫杯的同班女生經過，他便開口問道：「那是水嗎？」

「嗯。」

「給我喝一口。」

女生猶豫了一下，還是把保溫杯遞給他。金得八接過來解渴，本來只想喝一口，但因為太渴了，沒能停下來，最後把空杯子還給了她。

「喔……不好意思，都喝光了。」

「沒關係。」女孩咯咯地笑著回答。

金得八正想著是否該去飲水機接水，以化解這個尷尬的場面時，一群男生突然打開教室的門衝了進來，說要找宋理巘。

「呀！宋理巘。」

是同班的男生們，剛剛的籃球比賽可能已經傳到他們耳中，一群激動又興奮的傢伙，發現了站在儲物櫃前的宋理巘，便紛紛圍了過來。

「聽說你把李在雲給幹掉了！」

「嗯，沒錯。」

原本的宋理巘若是受到這麼多的關注，可能會害羞得說不出話來，但金得八沒有刻意否認，也不故作謙卑，他以一種從容的態度，輕鬆愜意地觀賞著那群雜亂無章的男生圍在一起，貶低討厭的李在雲，極力讚揚宋理巘。

俗話說「敵人的敵人是朋友」，體格健壯的李在雲，平時因為擅長運動而囂張的模樣讓大家不滿，但是當宋理巘在他最自負的籃球項目中獲勝，高興到彷彿這勝利是自己的一樣激動不已。

「喂，宋理巘，你有這種本事，為什麼之前不表現出來呢？」

「你看到李在雲的表情了嗎？他們班的氣氛很糟，就像在辦喪事一樣。」

「當然啊，他買了那顆籃球後，一直到處炫耀，結果還不是被搶走了。」

「這個？」

金得八打開置物櫃，拿出籃球扔了出去，男生們發出驚嘆，就像接神明的供品一樣謹慎地用雙手接住了球。對普通學生來說，這價格可能令人望而卻步，他們或許懷著羨慕的眼神來看待這顆球，但對曾經叱吒幫派的成員來說，這樣的價格微不足道，對宋理巘那不知額度的信用卡來說，也是如此。

「明天也約好要再比，想參加就來吧。」

「這樣嗎？」

男生們被這個提議給吸引了，聽說在籃球場上，宋理巘就像會飛一樣，如果和他同一隊，似乎能輕易地壓制住李在雲，只是他們因為對宋理巘有不好的印象而猶豫不決，這時，金得八提出了一個讓他們無法拒絕的條件。

「明天誰投進最多球，就把籃球送給誰。」

「宋理巘真夠爽快！」在那些興奮歡呼的男生中，有一個人開心地搖晃著一瓶未開封的電解質飲料。金得八從褲子口袋中抽出手，指向那瓶飲料說道：「那個你還沒喝嗎？」

「這個？嗯。」

「給我，我等一下買新的還你。」金得八伸出手示意要那瓶飲料時，那個男孩雖然有些疑惑，但還是順從地遞了過去。

隨後金得八找到了在附近和朋友們在一起給他水的那個女生，當他們的目光相遇，金得八搖晃著那瓶電解質飲料示意要給她，然後就扔了過去，那個女生有些驚訝地接住了飲

料，臉上微微泛紅。

「幹麼？兩個人搞曖昧嗎？」

另一個孩子吹著口哨發出嘲弄，但很快就被漠視了。

「閉嘴，你們不踢足球嗎？」老實說，對金得八來說，籃球只是無聊時的消遣，他真正熱愛的是足球。當然，在職業棒球開幕時，他也經常去棒球場，但是沒有任何運動能夠超越二〇〇二年的足球世界盃，將全國人民團結，化身為紅魔鬼的那份感動。

幫派時期，金得八主導成立了晨間足球會，積極參與活動，但自從他附身在宋理獻的身體後，早上去運動的藥泉亭⑧只有踢毽隊，有一段時間無法踢足球，讓他很焦躁。

「你也很會踢足球嗎？」

「還可以吧。」那個意味深長的微笑，絕對不僅僅是「還可以」，當孩子們得知金得八的足球比籃球出色時，他們立刻圍著金得八並大聲歡呼。

「為什麼隱藏這個祕密？我們上週比賽完全被打敗了！」男生們忘記之前不讓宋理獻加入學習小組的事，只想起上週敗北的慘痛記憶，怨聲載道。

正值血氣方剛時期的高三男生們想要運動，所以他們以班級為單位，組隊進行對抗賽，雖然金得八和女生們相處得不錯，但他和男生之間仍然有些生疏，因此之前沒有參加

註釋⑧　藥泉亭：韓國人認為山泉水能治百病，因為又稱山泉水為藥水。韓國社區的小山半山腰通常會有可以接山泉水的空地，居民會在晨跑時帶著桶子上山裝山泉水回家。

過這些對抗賽。

雖然稱為對抗賽，但實際上只是喜歡踢足球的孩子們，自發組織的小型比賽，沒什麼正規性，即使獲勝，得到的也不過是些許炫耀的機會，和累積的少許獎金，然而，那個年齡的學生，除了唸書之外，對所有事情都感到有趣，總是如同賭上性命般地投入。

「世暻！」以金得八為中心圍繞著的男生們，突然尋找起崔世暻，他們伸長脖子在教室四處張望，看到站在教室前門的崔世暻時，像是發現了金礦般興奮地大力揮舞著手臂。

「我們贏了敗部復活賽！」

面對他們歡呼提前慶祝下週敗部復活賽的勝利，崔世暻以一個宛如畫作的微笑作為回應，他興奮地豎起拇指助興，但是當他看著成為班級焦點的宋理獻，眼神變得冷淡。

之前還因為同性戀而疏遠他，現在因為班級對抗賽失敗而心有不甘，男生們紛紛圍繞著宋理獻討論足球，詢問他擅長的位置，就這樣，宋理獻也開始與男生們打成一片。

一個月，這是改變後的宋理獻，成為班級焦點所花費的時間。

崔世暻為了能透過身高較矮的男生們之間的空隙看到宋理獻，他將身體斜靠在牆上，當他把頭也靠在牆上時，遮住眉毛的黑髮輕柔地滑落，他的目光如同鐫刻般緊緊跟隨著宋理獻。

宋理獻以自然不做作、隨和坦率的態度，自然地融入了興奮又雀躍的男生們之中，和女生們相處時，他謹慎行事，以體貼的舉止贏得了她們的好感；對男生們他則是毫不畏縮，自信地展現自己的能力，取得了優勢。

當宋理獻開口說話，男生們一哄而散，紛紛離開教室。

在變得安靜的教室裡，崔世暻陷入了沉思。

改變後的宋理獻，成為班級焦點並不是問題，崔世暻的目標是安全地找回「原來的宋理獻」，不管改變後的宋理獻做了什麼，都不在他關心的範圍內，但是現在又出現了另一個問題。

感到從牆壁傳來的涼意，崔世暻將額頭貼在牆上，幫助緩解頭痛。

崔世暻認為真正的問題是，自己也被變化後的宋理獻吸引了。

⁂

等待圍牆下的車庫門打開，轎車駛入了車庫，車子一停好便熄了火，坐在後座的崔世暻禮貌地微笑問候：「謝謝您這麼晚還來載我。」

「哎呀，世暻唸書唸到這麼晚，真是辛苦了。」

在那位對待自己像兒子般的中年司機面前，崔世暻並未顯露出內心的不適，下車走上連接車庫和客廳的樓梯時，臉上毫無表情，但是當他發現客廳的沙發上，那位正在閱讀報紙的男士時，先是驚訝，隨即流露出疲憊，然後才勉強擠出一個微笑，發出了聲響：「您在家啊。」

崔明賢檢察官放下手中的報紙，高興地迎接兒子，看起來他似乎也剛回家不久，穿著脫下西裝外套的襯衫，雖然他整齊地打理過後才出門上班，但隨著時間的推移，他額頭上的散亂頭髮和下頷粗線條的深色鬍碴，營造出一種沉穩的氣氛。

看到兒子時，他那布滿細紋的眼角彎成了新月，他們父子雖然長得不大像，但眼神卻驚人地相似。

「回來得挺晚的。」

父親裝作不知道地問他在哪裡做了什麼，儘管他已經知道他的一舉一動，崔世暻也裝作毫不知情地回答了：「最近學校有晚自習。」

「你不是說學校很吵嗎？」

「像是畢業前的最後回憶，畢業後就沒有更多機會親近同學了。」

和諧的同學關係正是他父親所希望的，這並不虛假，只不過他真正想親近的對象只有一個人，而且接近這個人的動機並不單純。

「不會是有女朋友了吧？」

「這個嘛。」面對眼帶笑意地提出俏皮問題的父親，崔世暻也用類似的笑眼回應。

崔明賢反覆思考著崔世暻那如謎一般的回答，像玩猜謎遊戲一樣再次提問：「同班同學嗎？」

「我們同班，但要變親近不大容易。」雖然不是喜歡，但得先變得親近，但是改變後的宋理獻不大相信崔世暻。

「你嗎？」崔明賢驚訝地反問。

「我有什麼特別的。」崔世暻自然地聳了聳肩。

「看來你那位朋友的品味非常獨特。」

崔世暻似乎要告訴好奇的崔明賢，又好像在觀望，努力忍住笑意，緊閉的嘴角微微顫動。崔明賢察覺到兒子在開玩笑，便發出愉快的笑聲。

如果崔明賢沒有刻意壓抑他的兒子，他們父子的關係其實並不壞，高學歷和充足的財產帶來的餘裕，使他們從小就將兒子當作一個獨立的人格來尊重，並不斷在兒子的情感、教育或是父母的關係上投入心力。

崔世暻將揹在一側的背包拉高，接著說道：「我先上樓了。」

「對了，你應該很累了，去休息吧。」

坐在客廳等待就是為了確認兒子是否回家了，因此這時崔明賢也起身了，他拿起折好的報紙和放在腳邊的公事包，走向臥室。崔世暻就這樣注視著父親的背影好一會兒，無論是小時候還是現在，那個始終挺拔、不曾鬆懈的背影，對崔世暻而言，一直是一座難以攀越的高山。

崔世暻打開自己房間的燈，將背包扔在椅子上後，然後一頭栽到床上，他躺在晃動的床墊上不動，過了許久才翻過身來，他長長的瀏海向旁邊散開，露出圓潤的額頭，一臉稚氣未脫的模樣，崔世暻臉上既有成人的樣貌又有少年的稚氣，他靜靜地凝視著天花板，眼皮逐漸變得沉重。

——好累。

對聲音異常敏感的崔世暻，在學生們聚集的自修室裡，不斷被細微噪音折磨，讓他感到神經緊張，因此沒能好好學習，三月的模擬考，他答錯的題數超過兩隻手指的數量。

但是不管成績如何，崔世暻依然想要找到宋理獻。

他想尋找的，不是那個在籃球場上揮灑自如，與班上同學相處自在的宋理獻，而是那個顫抖不安地找上他，尋求幫助的真正的宋理巘。

在只有雨水反射月光的黑暗中，那充滿怨恨的眼神深深烙印在腦海中，令他難以忘懷，崔世暻本能地感受到了，只有確定尋求幫助的宋理巘安然無恙，他才能從罪惡感的深淵中解脫。

「唉。」

崔世暻粗魯地解開領帶，然後猛力地拉扯，紅色領帶因與領口摩擦而滑落，纏在手掌上，他將手掌伸向天花板，垂落的領帶在他嘴角掠過，帶來一絲癢感。

因為喜歡領帶摺疊處輕輕刷過嘴唇的感覺，他不由自主地搖晃著領帶。

崔世暻試著回想那個雨天，來到家門口的宋理巘的容貌，雖然眼淚模糊了視線，但那眼神好像與剪了短髮的宋理巘相似，兩人的氛圍完全不一樣，但眼神卻相似，這令人感到困惑。

這時，崔世暻褲子口袋裡的手機發出震動，打斷了他的思緒。

俗話說「說曹操，曹操到」，他拿出手機一看，是宋理巘傳來的訊息。

在幹麼

只是讀了訊息，卻彷彿能聽到宋理巘那獨特又粗魯的語氣在耳邊響起，他輕笑了一下，這並不是好奇對方在做什麼而傳送的訊息，因為在他回覆之前，接二連三的訊息，讓手機連續嗡嗡作響。

傳來了兩張數學問題的照片。

晚自習結束都還不到一個小時，宋理巘就已經開始在家裡學習了嗎？照片裡是他們在晚自習時，討論的問題範圍後半部分。

接著，又彈出一條新訊息。

幫我解題

問題很簡單，簡單到崔世暻躺在床上，就能用手機寫出解答，但是，他沒有點開訊息APP，而是進入了通話記錄，手指在撥號鍵上游移，當對方發現他已看過訊息卻沒有回覆時，手機又再次震動。

睡了嗎

這時崔世暻才點了訊息APP，寫下了數學問題的解答，發送簡短的解答後，手機就立刻響起。

辛苦了謝謝

回覆非常簡潔，沒有多餘的解讀空間，該怎麼回覆呢？崔世暻拿著手機，陷入了思考，平時的崔世暻，可能會用典型的寒暄來結束對話，但他現在不想結束和對方的聯繫。對話的時候，即使不說話，對方也會體諒，不會感到煩悶，而且不需要刻意裝善良，所以和改變後的宋理巘聯絡是令人愉快又很自然的事，他原本充滿睡意的眼睛頓時變得明亮有神。

「嗯？」

這時，又收到一條新訊息，這次也是一張圖片，崔世暻以為又是數學問題，打開一看，是一張風景美麗的夜海照片，似乎是因為晚上問數學問題而感到抱歉和感激，照片上寫著「美好而迷人的夜晚，謝謝你，精彩的人生」。本來帶著微笑的崔世暻皺起眉頭來。

如果要裝宋理巘，至少也要裝得像一點啊……

哪個普通高中生會發這種長輩圖？這讓他想起了快五十歲的大伯，每當他快要忘記時，大伯就會發來一張長輩圖，背景是盛開的花朵，上面寫著「我愛你」、「祝你幸福」等字眼，長輩圖正是這樣。

被激怒的崔世暻盯著手機螢幕，先退出和宋理巘的視窗，再進入和大伯互傳問候訊息的聊天室，從大伯發來的圖片中下載了一張合適的圖片，接著發給那個假裝成宋理巘的可惡傢伙。

崔世暻把手機扔到一邊，努力壓抑住自己的怒氣，既然口口聲聲說自己是宋理巘，那麼至少該表現出令人信服的舉動。

室內一片寂靜，突然響起了手機的震動聲，崔世暻閃電般地起身抓起手機，但是當他發現不是宋理巘，而是別人的訊息時，他掩藏不住失望，沒有點開跳出的訊息，再次倒在床上。

在一個連秒針聲都沒有的靜謐房間裡，崔世暻正努力恢復平靜，規律的呼吸聲在空間中擴散，但是，當手機再次震動時，他迅速抓起手機，看到宋理巘這三個字出現在螢幕上時，他的手指不由自主地動了起來。

「晚安」

訊息只有一行，而且連標點符號都沒有，等待的辛苦在那一句沒有誠意的話中變得毫無意義，病態的滿足感卻湧上心頭，沒一會兒又因這簡短的字句而感到心酸，真是荒謬至極，但如果這是一種通過否定就消失的情感，那麼一直壓抑自己情感的崔世暻根本不會察

覺到。

崔世曝總是被迫在大家面前表現得親切和善良，但和金得八在一起的時候，他不用這樣假裝，因為他是為了找到宋理巘才接近金得八的，所以他卸下了假裝善良的面具，即便粗魯地對待，金得八都能熟練地應對。金得八總是能夠承受他的情緒化，在金得八的身邊，崔世曝能夠完全做回自己。

「哈哈哈哈……」

崔世曝再也無法否認了，他被變化後的宋理巘所吸引。不是那個雨天來到家門前、發抖的宋理巘，而是在籃球場上活躍、充滿自信的宋理巘。

崔世曝想要相信，不是原本的宋理巘被別人取代了，是像其他人說的一樣，宋理巘真的變了，而他正被這樣的宋理巘所吸引。

因此，當變化後的宋理巘做出與原本的宋理巘不同的行為時，崔世曝就會感到惱怒，他想要相信兩個人是同一個人，但每次都被迫不得不懷疑，敏銳的崔世曝無法忽視這兩個宋理巘之間的差異。

「啊，我真的不知道了……」

什麼都不知道，就這樣過日子不就好了？自己不那麼躁進，如果裝作不知道的話……但誘惑如同伸手可及的禁果，只想輕鬆地享受這甜美的果實。其實很簡單，不需要爭論，只要能忘記去年那個冬天……

回想起和金得八共度的時光所帶來的舒適感，崔世曝突然急忙起身，心臟彷彿被冷水澆透，隨後開始劇烈地跳動，他不敢相信自己竟然對誘惑有所動搖。

不行。

無法放棄那個孩子，下雨那天，顫抖著對自己做出笨拙威脅的那個孩子，無法假裝不認識就那樣丟下不管。

雖然改變後的宋理巘說要等一等，但崔世暻無法再等了。

在完全愛上改變後的宋理巘之前，必須找回原本的宋理巘。

──如果可以找回原本的宋理巘，我願意做任何事。

❦ ❦ ❦

窗外傳來上體育課的學生們的呼喊聲，像搖籃曲般地響起，坐在美術室角落的宋理巘，躲在一個魁梧孩子的後面，手握著 4B 鉛筆，不時點頭打瞌睡，每當他的頭晃動時，素描本上就會畫上一條短線，下課鐘聲響起時，他驚慌地畫了一條粗線。

「哈噢──」金得八伸了個懶腰，站了起來，雖說是十幾歲的體力，但這幾天為了準備期中考，根本沒有好好睡覺，使得他感覺非常睏，隨意揉了揉眼睛，拿起素描本便跟在班上同學們的後面。

「聽說今天晚上會下雨，你帶傘了嗎？」

「啊，我沒帶傘，晚自習結束時應該會停吧？」

金得八聽著其他孩子的對話，慢悠悠地走著，所以有點晚才到教室，但是，他一進教室就感覺到教室氣氛有點吵鬧，原本慢條斯理的步伐立即加快，引起喧鬧的源頭是聚集在

教室後面儲物櫃旁的女生們，他隨手拉了一個附近的人問道：「出什麼事了嗎？」

「聽說準備要買英文輔助教材的錢不見了。」

「那些錢為什麼會不見？」

「不知道，聽說是放在儲物櫃裡，但現在找不到了。」

副班長金妍智為了團購英文輔助教材，每人收了一萬元，宋理獻是金妍智的同桌，在金妍智的催促下最先交了費用，也看到她從其他同學那裡收錢，並放進信封裡。今天早上說放學後會去書店訂購，看來她把收集的錢全部帶來放在儲物櫃裡了。

金得八推開人群走到教室後面，看到金妍智把放在儲物櫃裡的所有東西都拿出來翻找，不過即使她找遍了每個角落，也找不到那個裝錢的信封，她把書倒著搖晃，但只有灰塵掉落。

「會不會放在別的地方了？」從一開始就在旁邊看著金妍智翻找儲物櫃的同學質疑起來，他用疑惑的語氣說。儲物櫃的鎖完好無損，只有裝錢的信封不見，這讓人很懷疑。

「我的朋友們都看到我把它放在儲物櫃裡，然後上了鎖……」

「對，我們都看到了。」

快要哭出來的金妍智，聲音細微地顫抖著，她的朋友們紛紛為她辯護，知道金妍智儲物櫃鎖頭密碼的人，只有她的好朋友和宋理獻。她的朋友們從去美術室開始就一直和金妍智在一起，所以不可能是犯人，那麼剩下的人是……

「什麼？」金得八用兩個字回擊了那些聚集在他身上的懷疑目光，在他那強勢的氣場下，他們開始裝沒事。

「不是的，理巚不是那種人。」

金妍智的話，很快得到了其他同學的認同，他們都知道宋理巚通學乘坐豪華轎車，以及他隨意使用的昂貴物品，經常光顧福利社的宋理巚，得到了福利社大嬸的寵愛，在福利社裡遇到他，都能得到零食，他絕對不是一個缺錢的人。

「都是我的錯，這麼大筆錢，我應該要加倍小心的。」當懷疑的對象指向同班同學時，金妍智開始自責，她的朋友們則找了各種藉口推卸責任。

「存心要偷的話，怎麼可能阻止的了？」

「先告訴班導吧！世暻去哪裡了？」

發生了大事，但班長崔世暻不見了，大家決定先找到崔世暻後再去找班導。事情本來就此告一段落，如果不是某人說了一句質疑的話。

「……洪在民今天有來學校吧？」

大家默不作聲，但是他們的沉默中隱藏的意圖卻是相同的，班上同學全部轉頭看向第四排的最後，那裡是洪在民的書桌，只掛著一個空背包。

「他不是沒去美術教室？」

洪在民無故逃課，這已經是家常便飯，他經常無故缺席，出席天數勉強維持，連老師們都無計可施，他粗暴的言行讓一些老師感到害怕，於是學年主任挺身而出，制止了洪在民及其夥伴。

雖然他主要欺負的對象是懦弱的宋理巚，但是這個班級裡也有被洪在民以借錢為名勒索金錢的同學。

沉默的時間越長，孩子們的懷疑也就越集中在同一個地方。

「……要打開洪在民的背包嗎？」提出這個建議的學生坐在洪在民的前面，經常被打後腦杓。

雖然沒有人回答，但關上教室的前後門，代表了全班同學的默許。洪在民的同夥都在其他班級，所以沒有人反對。提議的學生吞了吞口水，拿起了洪在民的背包，在他摸索著拉鍊尋找拉環時，卻遭到了嘲諷。

「你們這些人的興趣，是互相欺負嗎？」說話的是一隻手插在褲兜裡，斜站著的宋理獻，他肯定也對洪在民有所怨恨，但那皺著眉頭的表情，似乎不大贊成懷疑洪在民。

「你才胡說八道，我們哪有欺負過洪在民？」一個看起來很有氣勢的女生雙手交叉於胸下，走了過來，「宋理獻，你不是也討厭洪在民嗎？」

口氣就像在問「宋理獻你不是最清楚洪在民是個壞蛋嗎」般，大家都知道宋理獻曾在學校受到洪在民的霸凌，因此如果洪在民遭到質疑，宋理獻應該是最高興的人。

然而，站在教室裡的卻是借用宋理獻身體的金得八。

他不認為只揍了幾拳就能結束宋理獻的復仇，但是和復仇無關，他不忍看到有人遭受不公平的對待。

「偷翻別人的背包是不對，但是大家都知道洪在民的手腳不乾淨，而且美術課也沒人知道他去了哪裡，不懷疑他才奇怪吧？如果我們搜他的背包，肯定會被罵，可能還會被揍，但你不能因為這樣，就說我們欺負他。」面對那個聲音尖銳地質問的女生，金得八感覺很難說服得了她，於是嘆了一口氣。

「我遇到的事和班上丟了錢有什麼關係？我和他之間的事我自己會處理，而且洪在民在美術課之前就被叫到教務處去了，不是他偷的。」當他證實了洪在民的行蹤後，那個看起來很有氣勢的女生申智秀好像也無話可說，咬了咬嘴唇。

其他學生們也沒有隨便發表值得懷疑的發言，金得八本來想要批評他們的輕率行為，但為了不刺激他們，他選擇了沉默。

反之，他輕輕拍了金妍智的肩膀，「去書店的時候，我跟妳一起去，我來付錢。」對學生來說，三十萬元⑨可能是一大筆錢，但對金得八來說只是個小數目，他認為用錢來解決問題比造成冤屈要好，不過，金妍智卻搖手表示拒絕，「又不是你弄丟的，為什麼要你付錢？」

「誰付錢有那麼重要嗎？重要的是心意，又不是很大的金額，我付也沒有關係。」

申智秀微動了一下眉毛，金得八雖然是出於成人的角度不想給金妍智帶來壓力，但這話從十多歲的宋理獻口中說出，聽起來像在炫富。

即使改變後的宋理獻有錢、性格好，申智秀也無法容忍他的裝模作樣，指出了宋理獻話中的問題所在。

「我們是乞丐嗎？你以為我們是因為錢才這樣嗎？金額多少一點也不重要，重要的是我們班有小偷。」

「對啊，我們還要再同班一年，如果再發生相同的事怎麼辦？」

問題已經轉移到道德和倫理的層面，班上有小偷的發言讓事情變得更加嚴重，大多數人都贊同申智秀的主張。

金得八獨自承受著那尖刻的氣氛，這時候門被打開了。

「崔世暻，我叫你滾開，神經病，我有叫你幫忙嗎？是你自己要做的，還要我感謝什麼……」洪在民氣沖沖地開門，還不忘對跟著來的崔世暻連珠炮似的罵個不停。

崔世暻即使被罵，還是傻傻地笑，這讓極度憤怒的洪在民辱罵出難聽到無法入耳的話。當在民發現自己的粗口很大聲時，感覺班上的氣氛和平時不同。

「出了什麼事？氣氛怎麼這麼糟糕？」

休息時間學生們聚集在一起的場面本身就不尋常，洪在民環顧教室，看到一個坐在前排的男生，手裡拿著他的背包。

「你瘋了嗎？為什麼碰別人的背包，找死嗎？」在民搶回了自己的背包，他現在的心情非常不好。

通常洪在民去教務處是去接受懲罰，而崔世暻是去接受表揚，但這次，古怪的崔世暻不知為何向學年主任獻媚，讓洪在民得以脫離學年主任的控制，崔世暻的幫助讓他自尊心受損，心情變得很差。

只要把崔世暻揍一頓，心情就會變好，但有強大後盾的崔世暻，不是他可以惹的對象。總之，洪在民需要找到其他出氣筒，而那位正拿著他背包的男生就不幸成了受害者，他舉起手似乎要打那名男學生。

註釋⑨　根據時下匯率換算，為新臺幣九千元左右。

這時申智秀插了進來，「洪在民，班上的錢不見了，所以大家決定檢查每個人的背包，你也打開你的背包吧。」

哼，洪在民感到不可思議，走向申智秀，在她的頭上投下了影子。

「所以妳讓他翻我的背包？」

無論她氣勢多強，當一個壯碩的男人開口辱罵，帶著威脅行動時，不免會感到恐懼，她一直瞪著洪在民，但抓著裙子的手已被汗水浸透。

「忍著妳那煩人的嘮叨，以為妳是女生我就不敢打嗎……」洪在民無法容忍那挑釁的目光，終於忍不住抓住申智秀的針織背心肩膀搖晃，當他再次舉起手似乎要打人，其他學生試圖阻止時，一個手持風扇飛了過來。

「呃！」

金妍智取出放在置物櫃最上方的手持風扇，朝頂著漂染成黃髮的洪在民頭部扔出，擊中後碎片四散亂飛。洪在民推開了被他抓住的女生，大聲咆哮：「哪個傢伙丟的！」

洪在民的信念是「我可以揍人，但不能被人揍」，他憤怒的臉被一個飛來的保溫杯給擊中，這個在洪在民臉上留下紅印的粉紅色保溫杯，還是金妍智的。

「噢！」

「我丟的！」

宋理獻隨手拿起東西就亂扔，當看到金妍智因受驚而打嗝，他便把手中的卡通造型按摩槌放下。

金得八雙手插在褲袋裡，走向捂著被保溫杯擊中臉部的洪在民，像是要保護申智秀般擋在她的面前，「你吃飽沒事做，就喜歡對女生動手嗎？」

「……幹，你沒看到嗎？她把我當作小偷了？」

洪在民還記得開學第一天被打的痛楚，他用前臂擋在那個還在隱隱作痛的胸口。他小心地防禦著，以免胸口再次被擊中，宋理巚看到這一幕，忍不住輕蔑地笑了出來。

果然，對這種人，打是良藥。

「嗯，我看到了。她說得挺有道理的，你怎麼就不好好生活呢？才十九歲，名聲就爛成這樣，真不像話。」

「喂！」

「怎麼了，你的行為的確很差勁。」

一直以來性格暴躁的洪在民，並不會因為被宋理巚修理過就在一夜之間改變，雖然他現在比以前收斂很多，但是他並不是會在班上同學面前受辱的性格。

「這個……」洪在民抓住了身材瘦小的宋理巚衣領並將其舉起，宋理巚以前瘦得像紙片一樣，一揪衣領就能提起來，但現在好像長了些肌肉，不再像以前那麼容易被舉起，只有校服襯衫被洪在民的手拉起，露出了瘦削的腹部。

「如果你真的打了她，你現在就不可能站在這裡了。」即使衣領被抓住，宋理巚也沒有改變姿態，只動了動嘴巴。

洪在民覺得羞愧，因為宋理巚的態度彷彿在說，用拳頭對付你這種人都嫌浪費，洪在民猛拉著他的衣領，瞪大眼睛，露出尖牙，但宋理巚只是笑著嘲諷。

「在民啊，如果你敢對女生動手，你就沒資格當男人。」宋理巚用他的大腿壓住了洪在民腿間的重要部位，洪在民臉色大變。

宋理巘歪著頭，帶著慵懶的笑意嘲笑說道：「沒用的雞雞，幫你切掉嗎？」

「幹，你這個死同性戀！」

洪在民是因為在意宋理巘所以才欺負他，但並未察覺自己對他的好感，對突然來自同性的性刺激，讓他感到恐懼，於是推開了對方的衣領，緊張地準備要阻止衝突的男生們插了一腳，抓住了宋理巘。

洪在民被各種混亂的情緒和興奮感籠罩，包括對同性引起性刺激的不悅、對生殖器反應的困窘、對被誤指為小偷感到委屈，還有對宋理巘站在申智秀那邊的失落……等等。

他暴跳如雷，猛踢腳邊的桌椅，放聲怒吼：「不是我！不是我偷的，是那個婊子把我當小偷，才會這樣的！」

同學們害怕遭池魚之殃，都紛紛躲開了。洪在民大鬧特鬧，不讓任何人靠近，當他冷靜下來時，發現周圍的書桌椅和班上的同學，以自己為中心圍成了一個圈。

「該死，真是……」

洪在民從班上同學們恐懼的眼神中，看出了對他的厭惡，這不是他第一次被普通家庭的孩子們排擠。每次發生這種事情，洪在民都會感到內心空虛，他試圖通過粗暴的行為來消除這種感覺，選擇欺負弱小和製造混亂，這使他無法和班上同學融洽相處。

即使班上的孩子們沒有表現出希望他快點離開的氣氛，洪在民也不想再待在教室裡，但當他試圖從後門離開時，被靠在後門門檻上的崔世暻擋住了去路。

洪在民的目光沿著擋在他胸前的手臂向上移動，與他褪色的頭髮形成對比的是對方緊

皺著的濃黑眉毛，崔世暻溫柔地提醒了一件他忘記的事情：「大家說好了，要檢查班上所有同學的背包。」

今天真的是衰到爆，在民咬著牙，強忍著。

「幹，好啊，看吧！」

——反正我沒偷。洪在民找到了那個幾乎沒在用的背包，那個他本來不打算帶走的背包，被卡在擠壓的桌腳之間，背包裡只有在民放進去的幾枝筆，這使得背包甚至無法保持其形狀，被壓得皺巴巴。

在民撿起背包，拉開拉鍊，然後將背包倒過來用力搖晃。

「我沒偷，我已經說好幾次了！」

一個白色的信封從打開的背包裡掉出來。

信封的開口沒有完全封上，露出了裡面的一疊鈔票。

啪嗒一聲，接二連三掉落的筆發出的滾動聲，在安靜的教室內響起。

一陣沉默之後，洪在民極力地否認：「我不知道！不是我做的……」

但是，沒有人站在洪在民這邊，雖然因害怕遭到報復而閉口如蚌，大多數人還是心想「果然如此」，並不相信洪在民所主張的清白。

看他如此拚命否認，原本應該相信他，但洪在民至今為止的所作所為，讓人很難相信他的清白，一個會隨便打人和搶錢的洪在民，聲稱自己沒有偷錢，這聽起來就像是承認喝了酒，卻否認酒駕一樣不合邏輯。

「不是我幹的！有人把它放進我的背包裡了！如果是我放的，我會打開背包嗎？」洪在民提出的問題，班上的其他學生也感同身受，然而，他們不想包庇校園暴力的主謀洪在民，所以選擇了沉默。

「肯定是你們串通好的！」洪在民憤怒地控訴自己是冤枉的，但卻無法打動班上同學的心，他們的意見一致，洪在民也該嘗嘗當受害者的滋味，或許這樣他才會醒悟，有的學生，甚至對洪在民現在的處境感到暢快。

唯獨沒有親身經歷洪在民欺負的金得八，對將洪在民當成小偷的情況感到不悅，他雖然不想偏袒洪在民，但也不打算放過那個隱藏身分——想陷害洪在民的犯人。

班上的同學們或許避開洪在民，就如同躲避惡臭的糞便一樣，但他們不會突然把人逼入絕境……會是其他班同學做的嗎？在尋找犯人時，腦海中閃過一句話，那是在散步道上，崔世暻緊握他的肩膀，凝視他時所說的話。

「人是不會改變的，雖然可以學習，按所學行動，但是本性是不會改變的，一旦陷入絕境，本性就會暴露出來。」

正如崔世暻所說，一旦陷入絕境，本性便會顯露，洪在民扔掉背包，大聲吼叫，他的本性粗暴，情緒波動大，無論是開心或悲傷都會直接表達，一旦生氣就容易失控，洪在民的本性是暴力，不是對話。

「啊！」面對如獅吼般的怒吼，同學們如潮水般後退，其中一個靠近洪在民的男生被他抓住，嚇得不知所措，被洪在民不分青紅皂白地拳打腳踢。

「幹，是你吧！是你搞的鬼吧！」

「呃，不是我……」

「呀！阻止他！抓住洪在民！」

一群男生湧上來，把和洪在民對峙的孩子拉開，即使雙臂被制服並被拖走，洪在民仍然掙扎著扭動四肢，大聲咆哮：「幹，不是我！我說多少次了！不是我！」

「抓住那隻腳！」為了制止發狂的洪在民，男生們像蜂群般湧上前，金得八則站在原地不動，他的視線穿過糾纏在一起的男生們，緊盯著守在後門的崔世暻。

嘴角微微上揚的崔世暻，似乎對金得八那熱切的眼神感到愉悅，他一點也不驚訝，彷彿早就預料到了這場混亂。

——看來是那個傢伙幹的。

金得八直覺是他幹的，而且他還意識到，崔世暻設下這低劣的陷阱，其實是針對他，不是洪在民。人的本性是不會變的，崔世暻利用洪在民來重申這個事實，並暗示金得八你不是宋理獻。

他利用洪在民再次警告金得八，你不是宋理獻。

金得八用掌心壓著雙眼，他的胸膛上下起伏，彷彿要咳出乾咳般。

這個小屁孩，利用人的方式真是令人咋舌。

「不是洪在民。」

男生們震驚地停止了動作，洪在民也不再掙扎，他的四肢被緊緊捆綁，只能從縫隙中望向宋理獻。

保持靜默可能是最好的選擇，因為原本的宋理獻不會介入這種事件，他會保持沉默，甚至他可能會感到高興，畢竟洪在民是那個嚴重欺凌宋理獻的壞人，洪在民被誣陷，被班上同學孤立，他可能會比任何人都高興。

沒有必要貿然介入，這只會引起崔世暻的懷疑，這只會證明自己不是真正的宋理獻。

雖然不知道這樣做是否正確，也對宋理獻的靈魂感到抱歉，但金得八完全沒有被崔世暻擺布的念頭。

「是我偷的，是我放進背包裡的。」

宋理獻放下遮住臉的手掌，臉上凶狠的表情，就算打死人都不足為奇。

第八章

我們一起等吧！

崔世暻的手機在晚上十一點左右響起，他沒有表現出驚訝，似乎早預料到這突然的來電，他合上手邊的題本，隨手披上一件輕便夾克。當拖鞋快要踩到門檻時，發現了金得八送的棒球帽，他停下來看了一會兒，本以為會就這樣走過去，但才走出房門沒幾步，就回頭拿起了那頂帽子。

家裡的僕人全都是崔明賢的眼線，崔世暻為了不被發現，小心翼翼地壓低腳步聲，慢慢下樓。

家庭幫傭檢查完門鎖後去睡覺了，只剩下間接照明亮著的一樓，顯得十分安靜，他選擇不走大門，而是走向和客廳相連的地下車庫。

如果車庫的捲門從內部升起時，會有一個人能夠爬過去的狹窄縫隙。崔世暻升起捲門，彎著身子從車庫爬出，然後將亂髮撥到額前，戴上棒球帽，他在黑暗中凝視，眼角的陰影使他的眼神變得更加深邃。

宋理巘叫崔世暻去的地方，是位在一條山間小路半山腰的藥泉亭。

在只有一盞孤獨的路燈照亮的藥泉亭，一個少年坐在長椅上，遠眺著城市的夜景，當崔世暻發現身穿連帽衫的少年背影，停下腳步後，故意發出腳步聲接近他。

「來了啊。」宋理巘從長椅上起身，背對著夜景，遠處閃爍的彩色霓虹燈照在他的臉上，為他那蒼白的臉龐增添了光澤，寒冷的風吹起，他那短短的棕色頭髮輕輕搖曳，宛如草地上的草葉。

金得八繞過長椅，走到路燈下與崔世暻面對面站著，兩個不同長度的影子平行地劃在了地面上。在這沉默中，傳來宋理巘那悅耳的聲音。

「我以為我們已經很熟了。」

「……」

「你是想利用洪在民來警告我，說我不是宋理獻，對吧？」

「……」

從崔世暻不辯解也不否認的冷漠眼神中，金得八確認了自己的直覺是正確的。

「所以，你這麼做能得到什麼？你以為這樣就能知道宋理獻在哪裡嗎？」金得八握緊了拳頭又鬆開，作為一個沒有受過教育的黑幫，他只懂得用言語和拳頭來訓誡。

崔世暻已經超出了能用言語訓誡的範圍。

「我現在要打你。」

「……」

「你知道為什麼要挨打吧。」

經過這段時間的相處，也許他已經對這個臭小子有了感情，他壓抑著輕微的背叛感，發出了警告：「咬緊牙關，不然你會受傷的。」

崔世暻用力繃緊下巴，金得八抬起手掌貼在崔世暻的臉頰上，施加的力道大到連身材高大的崔世暻也站不穩的程度，他毫不留情地用手掌狠打對方的臉頰。

啪！啪！啪！

每一巴掌都帶著平均的力道，連續不斷地擊中同一處，金得八的手掌和崔世暻的臉頰都變得紅通通的，但他們都沒有訴說疼痛。

連連揮出的耳光不只讓手掌麻木，甚至失去了知覺，崔世暻被重重的一巴掌打得身體劇烈晃動。

「幼稚的傢伙。」

崔世暻無視金得八的譴責，用手背輕壓嘴角，破裂的嘴角像嘴巴裡一樣流血，冷風從山上吹來，冷卻了他發紅的臉頰。

站直的崔世暻，他那冷漠眼神在金得八看來充滿憤怒。金得八問道：「這就是你所謂的幫助嗎？」

崔世暻吐出血來，在口中混合的唾液和血液，在嘴裡留下一股難聞的腥味。

「我沒辦法等了。」崔世暻害怕自己放棄尋找原來的宋理巘，因此，他必須做些什麼，不顧後果，如果不立刻採取行動，他將會永遠失去原來的宋理巘。

崔世暻利用敏銳的觀察力，破解金姸智的儲物櫃密碼，打開儲物櫃偷班費時，原本計劃將錢放進金得八的背包中，然而，他最終沒能打開金得八的背包，原因是他想找回原本的宋理巘，卻又不想被金得八討厭，這種矛盾的情緒阻止了他。

崔世暻當然也知道自己將偷來的班費放進洪在民的背包裡，並在適當時機帶洪在民到教務室的行為會受到宋理巘的鄙視，但總比直接讓宋理巘陷入困境或傷害他要好得多。

在金得八再次說出，他就是宋理巘這種荒唐的謊言之前，崔世暻先採取了行動，「別再撒謊說你是宋理巘，你在我面前，連假裝成一個普通高中生的基本努力都沒有。」

想到他那些如中年大叔般的舉止，崔世暻沉默了一會兒，才又說道：「哪怕是只有一點普通……」

——應該會騙到我，而我會相信你的。

後半句崔世暻沒能說出口，隨著血水吞下了。崔世暻收起無用的情緒，進入了正題。

「宋理獻在哪裡？」

「看過你的所作所為後，還要我告訴你他在哪裡？」金得八嗤之以鼻，他承認是自己小看了崔世暻，他一直都知道崔世暻溫柔的外表下，隱藏著狡猾的本性，但沒想到他會這麼執著。

確實，這不正常。

崔世暻利用洪在民來挑釁，但仍未查到宋理獻的下落，他採取了更強硬的手段。

「那你呢？搶走了宋理獻的位置，奪走了那孩子該享有的一切，還騙了班上的同學們，你是想告訴宋理獻，就算你消失了，也沒人會找你？想告訴他大家都喜歡改變後的宋理獻，想讓那孩子感到自卑嗎？」為了不讓尋找原來的宋理獻的決心動搖，崔世暻故意觸碰了禁忌。

當金得八用鄙視的眼神看著他時，他握緊拳頭來掩飾手指冰涼的感覺。

「我現在就能勒住你的脖子，也可以報警，而我之所以忍耐，是因為我必須要找到宋理獻。」

「……」

「你對宋理獻一點都不感到抱歉嗎？如果你知道洪在民是怎麼欺負宋理獻的，你就不可能替洪在民背黑鍋了。借用宋理獻的身分與洪在民做朋友……這完全是欺騙，你根本一點也不在乎宋理獻的傷痛。」

當崔世暻的斥責越發激烈，金得八的決心也隨之更加堅定。這樣一來，被激發的怒氣也逐漸平息了，金得八開口說道：「想說的話都說完了嗎？」

崔世暻的憤怒是無法帶來任何影響的冷漠反應，崔世暻瞪著他的眼神，就像是扔出的鋒利刀刃，但金得八接著說：「如果那麼惋惜的話，早點去找不就好了。」

「……什麼？」

「說不定那孩子會自殺，你也有貢獻。」聽到金得八這意味深長的話之後，崔世暻向前走了一步。

「自殺？」

在這種情況下，堅稱自己是宋理巚也無濟於事，反正已經被揭穿，金得八不再隱藏自己的真實身分。

既然躲不掉，那就消除威脅，宋理巚回來時，沒有崔世暻在身邊會更好。

金得八抬起了下巴，那纖薄的下巴露出一種傲慢。

「暴力、遺棄、嫌惡，那孩子從天橋跳下來，你一定也涉入了其中。」

「……跳下來？」

崔世暻空洞地跟著念出了那些具傷害性的話語。

宋理巚的死，是眾多可能性中最糟糕的一種，如果再仔細思考金得八說的話，雖然有點模糊，但可以推測出宋理巚並未死亡，不過只要有一絲死亡的可能性，就可能將崔世暻逼入絕境。

在棒球帽的帽簷下，清晰可見被陰影遮住的眼睛，在混亂中明顯晃動，嘴唇微張，彷彿有許多問題想問，不停地微微顫抖，就像在一間混亂的房間裡，不知從何收拾起一樣，感到困惑不解。

當動搖的眼神落在金得八身上時，崔世暻似乎隱約看到了一絲希望，拜託他否定這件事，或是找到其他的方法，或者什麼都好，只希望雨天消失的宋理獻的故事還未完結，崔世暻傳達了這樣的渴望。

然而，金得八已經下定決心，要把崔世暻從宋理獻身邊移除，他用冰冷的嘲諷斷絕了崔世暻的希望。

「太晚了。」

崔世暻變得僵硬。

風吹拂過他的皮膚，就像是胸口被擊中了一樣，讓他呼吸困難，儘管他的動作充滿了迫切，金得八依然不為所動。

昏暗的樹林裡，樹葉沙沙作響，掩蓋月亮的雲層飄了過去。

棒球帽下的黑色瞳孔在月光的照耀下閃耀著黃色光芒，此時崔世暻撲了上去。

金得八並不期待崔世暻會乖乖放棄，他迅速穿過崔世暻抓住自己衣領的手臂，毫不猶豫地對準對方的胸膛，金得八的拳頭迅猛又精準，勢如雷霆地擊向對方，但崔世暻似乎早已預料到攻擊，他的胸前早已擺好一隻攤開的手掌，準備好迎接這一擊。

崔世暻用手掌裹住了瞄準他胸口的拳頭，隨即伸腳絆倒了對方。

金得八失去了重心，身體搖晃，他在倒下前咬緊了牙關，抓住了崔世暻的衣領，兩人一同倒地，造成地面一陣晃動。

粗重的呼吸混雜在犀利的動作之間，無法跟上即將爆發的興奮，動作略顯生疏，不分伯仲。

崔世暻揮舞了拳頭，擊中了金得八的臉部，他的頭往後仰，踹了一腳，他同時緊抓著崔世暻的衣領將其拉向自己，利用拉扯的反作用力，將崔世暻拖到地上翻滾，就在金得八準備跨上崔世暻的腰部時，崔世暻將金得八的肩膀推開。

在飛揚的塵土之中，兩個少年在地上翻滾著纏鬥不休。

最後金得八坐在崔世暻的腰上，壓制住試圖翻身的崔世暻的喉嚨，制止了他的反抗。搏鬥中，崔世暻的棒球帽脫落，金得八對躺在地上且頭髮凌亂的崔世暻不斷揮拳。

崔世暻眼睛血絲破裂，滿懷敵意的瞪著金得八。而靜靜地俯瞰著的金得八，展開拳頭，用手掌狠狠地打崔世暻的臉頰，這種方法能分散撞擊力，同時擴大受擊面積，常用於製造恐懼。

然而，無論金得八如何打擊，怒火中燒的崔世暻的眼神中並未流露出恐懼，在眩暈的視野中，他終於抓住了金得八的手腕，在手腕的角力中，壓迫喉嚨的力道開始放鬆，崔世暻趁勢扭動了身體。

金得八堅持住了，但瘦弱的宋理獻卻沒能撐住，局面完全逆轉。

崔世暻把金得八推到一邊，爬到他身上，用力壓迫他的喉嚨，就像自己之前所受到的一樣，與懂得控制力道的金得八不同，沒有打架經驗的崔世暻，不知道要調節力量，他使出全力勒緊宋理獻纖細的喉嚨。

「咳咳……」

雖然在經驗上無法與金得八匹敵，但崔世暻在肌力方面，顯然更勝一籌。

就像體重級的差異難以克服一樣，無論技術多麼高超，一旦被力量的空間。

金得八在泥土地上掙扎著，呼吸變得困難，視野變得模糊，當他感覺到手指甲刮擦地面引起的疼痛時，他開始抓起泥沙。

就在他準備將手中的泥沙撒出時，忽然感到皮膚濕濕的，壓制他喉嚨的力量也鬆懈了，他急忙深吸一口氣，然後抬頭向上看。

手握泥沙的金得八逐漸無力，因為背對著滿月的崔世暻，肩膀微微抖動，在棒球帽壓亂的頭髮下，他的眼神扭曲，流下了晶瑩的淚水。

崔世暻淚眼婆娑。

「好痛……」不知不覺間，他勒著喉嚨的手變得無力，並抱怨著疼痛。

「喂，該死，你也有出手……」當金得八故意用力甩開崔世暻的手，想要站起來之際，崔世暻的呢喃深深觸動了他。

「求你了……我好痛……那天，沒能抓住宋理巘，讓我痛不欲生……」這番話令金得八動彈不得。

「求求你，告訴我……宋理巘是否安好……至少告訴我這個……」

「喂，崔世暻。」

「我求你了，我要瘋了，我只想知道他是否安好，是否平安無事……拜託你……」

「唉呀……」

「這不難吧，求求你，什麼都行，我全都會給你……拜託，真心求你了……」

崔世暻彷彿崩潰了一樣，向金得八彎下了腰，他的哭聲越來越劇烈，不斷地哀求著，金得八心煩意亂地喊了他的名字：「崔世暻，世暻啊，崔世暻啊。」

不過，崔世暻似乎沒有聽到，他釋放了長久以來壓抑的淚水，他的眼淚就像那天降下的雨一樣傾瀉而出。

他回想起那個下雨天，他的意識從藥泉亭轉移到了遇見宋理巘的大門前，崔世暻仍然困在去年冬天的那個雨天裡。

「我每天都在後悔，這樣送走你、錯過你……」

緊咬著嘴唇閉上雙眼的崔世暻，默默地流下淚水，他說痛的地方，並不是被拳頭擊中之處。

崔世暻像是要抓住那個雨天錯過的宋理巘一樣，用他那無力的手，拚命抓著任何能抓到的東西。

「對不起，錯過了你，真的很對不起。」

雖然因為低頭而垂落的瀏海遮住了視線，但是金得八的臉頰被落下的淚水給浸濕了。

崔世暻忘了他曾懷疑躺在他下面的人不是宋理巘，傾瀉出他所有的傷痛。

「對不起，逼你逼得太緊了；對不起，沒有帶你進屋裡；對不起，讓你感到害怕。」

每當想到赤腳消失在雨中的宋理巘，崔世暻心裡的疼痛就會蔓延，他便會嘗試反思自己所做的一切。

如果那天，宋理巘按了門鈴之後，崔世暻手上拿著一雙鞋子，撐著傘穿過花園。他幫在大門外等待的宋理巘穿上了鞋子，並披上外套，然後帶他進屋。

進屋後他讓宋理獻坐下，他不在乎椅子是否會濕，只是擁抱他給他溫暖，甚至端上一杯熱茶給他，為他吹乾濕漉漉的頭髮。崔世暻準備好接受宋理獻的任何威脅、誘惑或請求，聆聽他講話，讓他安心，並讓他在自己的床上睡去。在他的想像中，那痛苦的眼神已不復存在，宋理獻在放鬆的氛圍中沉沉睡去。

偶爾，在崔世暻的想像中，畫面會以宋理獻愉悅的笑容作為結束，但那笑容總被一層迷霧所籠罩，無法清楚呈現。

想像完之後，當下或許感覺變好，但後遺症卻很嚴重。

必須承受與之前的快樂相等的失落和虛無感，幻想終究只是幻想，現實並未改變。帶著傷痛逃走的宋理獻，沒有再次回到崔世暻的生活中。

「就原諒我這一次吧。對不起，對不起……理獻啊，能不能再給我一次機會……」世暻焦急地緊抓著宋理獻的連帽衫，他害怕宋理獻會就這樣消失，他的手不由自主地抽搐。一向與他人保持距離，不與人分享情感的崔世暻，面對涉及他人的劇烈情感波動，完全束手無策。

他沒有抵抗力，只能承受痛苦，像一個無助又深陷困境的的失敗者一樣絕望。

給崔世暻引爆炸藥的對象消失了，崔世暻就像是在沒有出口的迷宮裡獨自徘徊，感到痛苦。

「求你了、求求你，理獻，宋理獻……」哭著乞求也無法得到回應，崔世暻逐漸陷入絕望。不知道這次是否又要錯過，他不想放手，卻又無法觸及，像個迷路的孩子哭聲越來越大。

看著他顫抖的肩膀，金得八不禁長嘆一口氣。

「你，唉……」

——你這小子，該拿你怎麼辦才好呢。

聽到嘆息聲，崔世暻抬起了他那被淚水模糊的臉龐，金得八無法忍受看著他悲傷地哭泣，輕輕擦拭了他的淚水，但淚水仍未停止，最後，金得八緊緊地抱住了崔世暻，讓他的頭埋進自己的肩膀，很快，肩膀就被他的淚水給浸濕了。

金得八輕撫著崔世暻顫動的肩膀和背部，反覆思考著崔世暻所說的道歉。

——我太小看崔世暻了，只因他年紀輕，其實他所受的傷並不輕。

金得八望著天空中飄過的烏雲，輕咬著嘴唇。

空氣沉悶，似乎要下雨了。他不想讓這兩個孩子再次淋雨。

「雖然你可能不相信……但我至少有一半是宋理巚。」這身體是宋理巚的，所以不是假的。

——我不是不知道崔世暻想要什麼，但我不想以安慰的名義說謊。

金得八在選擇盡可能說出貼近真實的話時陷入了沉默，哭聲從觸碰到的肩膀傳到了心臟，開始微微浮躁起來，至少有一個人是真心擔心宋理巚的。

不過，崔世暻也有資格知道。

金得八糾結是否應該說出真相時，衝動地將臉頰靠在崔世暻的肩膀上。

「宋理巚他暫時……去休息了。」金得八不認為宋理巚的靈魂已經死亡。

他暗自猜想，身體在這裡，如果靈魂死亡的話，應該會有些許信號，就像他自己曾因失去肉體，而感受到難以言喻的失落般。

「他雖然從天橋跳了下來，但傷勢不重，他很安全，不會有危險，他現在很自在、隨心所欲，好好休息之後會再回來的，我保證。」這些話是為了讓擔心宋理巘安危的崔世暻安心，雖然不能確定，但既然是靈魂，應該不會受到傷害。

「所以……」金得八抬頭凝望著灰蒙蒙的天空，感到滴在臉上的雨滴開始變多，他確認這並非錯覺。

他緊緊擁抱著依偎在自己肩頭的崔世暻，然後輕輕地翻身，將崔世暻輕放在地上，躺在地下的崔世暻眼中滿是疑惑，眨著滿是淚水的睫毛。

那未能抑制的哭聲在因淚水和打鬥而變得紅腫的眼周上留下了痕跡。

金得八將雙臂撐在崔世暻臉頰的兩側，在崔世暻那充滿痛苦的眼神中，乾枯的淚水沿著他的臉頰劃出幾道細長的淚痕。

宋理巘臉上浮現的平靜笑容，正是崔世暻心中一直想像的形象，那個覆蓋了迷霧，從未清楚展現的宋理巘的笑臉，現在就在他的眼前。

「我們一起等吧！」

唰——突然一陣傾盆大雨。

雨水順著掩護崔世暻的宋理巘身形飛濺開來，正如他當初為了拯救從天橋墜下的宋理巘而緊急轉彎，他用整個身體保護這兩個孩子，不讓他們淋雨。

⁂

一個小提琴旋律縈繞的宴會廳，一樓和二樓合併的空間，天花板上懸掛著華麗的吊燈。二樓的欄杆邊，聚集了參加慶祝宴會的賓客，享用著香檳。

崔世暻在一樓找不到父母，於是抬起頭來。

二樓欄杆的對面是一面白牆，吊燈的水晶反射的光芒在牆上散開。因為視線太低，黑色欄杆讓崔世暻感到困擾，他輕輕晃動著腳趾，想踮起腳尖，但新買的兒童用皮鞋還很硬，即使崔世暻使勁也無法使其彎曲。

——啊，是蕭邦的曲子。

崔世暻用他那稚嫩的小手隨著旋律輕輕擺動，當他認出旋律時，就意識到這是一個夢，他六歲那年發生的事故不斷地在夢中重現，這反覆的夢已經深深扎根在崔世暻的生活中。崔世暻抬起了自己的手，伸展開的手指看來很可愛。

——是夢啊！如果是夢的話，「那件事」很快也會發生吧！

崔世暻低垂著小巧的下巴向下俯視，那裡是與一樓相連的螺旋樓梯的終點，有一個小女孩頭朝下躺在那裡，她的黑色長髮向下散開，白色洋裝被血染紅，血液在她身後如光暈般擴散開來。

他這才想起為何之前想要踮起腳尖，不是想要看吊燈在牆上反射的光影，而是想要知道那個從欄杆外翻落的小女孩怎麼了。

大人們紛紛湧向螺旋樓梯，這是夢即將結束的景象。

閉上眼睛的崔世暻，深深地吸了一口氣。

夢中的尖叫聲無聲地從十九歲的崔世暻口中爆發，額頭上滿是冷汗，他眼睛睜得大大的，茫然地摸索著四周。

小提琴的旋律消失了，晨曦透過窗簾照進了這個寧靜的空間裡，無聲鐘的指針指向五點，這是他的房間。

❧ ❧ ❧

準備去上學的崔世暻拿起背包走下樓。

他看到坐在餐廳餐桌前閱讀報紙的崔明賢背影。崔世暻坐在放有熱騰騰的飯和湯的座位上，將背包放在旁邊的座位上，開口問道：「媽媽呢？」

「去上班了。」

等待著的兒子就坐時，崔明賢合上了報紙，他從家庭幫傭那裡聽到半夜起床喝水時，撞見了剛回家的崔世暻。

崔明賢為了提醒兒子隨時有人在監視他，推遲了上班時間，坐在餐桌前等候。

但當他看到兒子那腫脹且布滿瘀青的臉時，他腦中一片空白。

「臉怎麼了？」崔明賢起身，向坐在對面的兒子伸出了手。

因為工作的關係，他經常接觸重大犯罪，見過無數帶傷的人，但當自己的兒子帶著不尋常的傷口回家，他無法維持客觀態度。

崔世暻將身體向後仰，避開了崔明賢伸出的手。因為餐桌寬闊，崔明賢的手未能碰到崔世暻，於是他提高了音量：「昨晚你去了哪裡，臉怎麼搞成這副模樣！」

看著明明什麼都知道，卻裝作不曉得而追問的父親，崔世暻覺得好笑，嘴角不禁扭曲，但嘴角上揚時，觸及到腫脹的臉頰引起疼痛，不過他很快恢復了原樣。

當兒子不回答只是傻笑時，崔明賢用拳頭重擊了餐桌，「崔世暻！」

「檢察官，有什麼事……哎喲，我的天！」聽到聲響跑出來查看的家庭幫傭，昨晚沒注意到，現在看到崔世暻的臉後大吃一驚，她急忙跑去拿急救箱。

——明知道我昨晚外出，卻不知道我發生了什麼事情？

崔世暻忍住想要嘲諷的心情，拿起湯匙，平靜地說：「是我太囂張了。」

「什麼？」

崔世暻喝了一口清湯後，嘴巴的傷口感到疼痛，他皺起了眉頭，吃飯看來是困難的，他放下湯匙，表示已經吃完了。

「我昨晚外出散步了，跟一個行人發生了爭執。」

一般的行人爭執不會留下這樣的傷痕，要對無法反抗的對象多次重擊同一處，才會造成這樣的傷勢。

專門處理重大犯罪的崔明賢知道，黑幫會用這樣的方式行使暴力，維護他們的階級秩序……但竟然是我的兒子遭受這種暴力！

崔明賢極度憤怒，但崔世暻卻裝作沒看見，繼續收拾他的背包。

「我要去學校，先起來了。」

「坐下，今天就不要去學校了。說清楚到底發生了什麼事。」

為了弄清楚兒子是否涉及犯罪，必須聽他親口說明事件的真相，然而，面對崔明賢的

命令，崔世暻只是微微眨了眨眼，頭稍微偏向某一側。

「爸。」親暱的稱呼中帶有一絲的不解，「為什麼偏要聽我說，您不是已經全都知道了嗎？」

這不是反抗，也不是任性。

崔世暻真的不明白，明明父親已經利用他身邊的人，建立了監視網路，為何還堅持要問他。

今天生活指導部沒有站崗，崔世暻悠閒地穿過校門和走廊，學生們像奇蹟的摩西分海般讓開了路。即使受到學生們的火辣目光，崔世暻也沒有隱藏自己受傷的臉。腫脹的太陽穴和五彩斑斕的瘀青，尤其是屢次貼上膏藥的左臉頰。

膏藥下的腫塊異常明顯，認識崔世暻的學生們都驚訝地詢問他的情況：「喔，世暻啊，你還好嗎？」

「還好。」只要有人詢問，崔世暻都會給出相同的答案。

隨後他上了樓梯，在走廊上看到了在三年一班教室門口徘徊的宋理獻。

——我們一起等吧！

想起昨天金得八所說的話，等於承認了自己不是宋理獻。

但是，崔世暻想要相信他的話，他說宋理獻很安全，休息完了之後會回來，那麼，和眼前這位身分不明的人一起等待似乎也無妨。

隱藏真實身分，假裝自己是宋理巚，和承認自己不是宋理巚並和崔世暻一起等待，這兩者有著天壤之別。

凝視宋理巚並陷入沉思的崔世暻，率先採取了行動，走上前打了聲招呼：「早安。」

「嗯，來了啊。」金得八擔心昨夜的事，冷淡地打了招呼。看到崔世暻昨天哭泣的樣子，他好像什麼事都悶在心裡，擔心自己會不會打得太重，或是昨天情緒太激動，說了不該說的話。

金得八因尷尬而轉頭避開視線，這時他鬆開的領帶讓襯衫的領口敞開，崔世暻發現了什麼似的，抓住襯衫領子拉開來看，他看到穿在裡面的白色T恤的領邊上，貼著一塊杏色的膏藥。

這正是昨晚崔世暻壓制他脖子的位置。

崔世暻的手對比於纖細的脖子顯得很大，所以在遮掩脖子上的瘀痕時，不得不貼了一大片膏藥。

崔世暻用指尖輕觸著金得八脖子突起的地方，那裡傳來了膏藥特有的辛辣感，「你傷得很重嗎？」

「你家裡沒鏡子嗎？」明明自己的臉部受傷更重，卻還在擔心別人，這讓金得八感到荒謬，於是斜著眼問他。

崔世暻習慣性地笑了笑，然後抱怨左臉頰很痛。

「去醫院了嗎？」

「會去吧。」金得八一邊說著無聊的話，一邊推開教室的門。

期中考快到了，正在安靜自習的同學們抬起了頭。

昨天金得八宣稱自己偷了錢之後便離開學校，當時他是想避開崔世暻，他怕自己會動手，但他沒想到其他人會怎麼反應。

不過，班上同學對崔世暻的反應，讓他的擔憂顯得多餘，因為當他們看到崔世暻鼻青臉腫的模樣很是驚訝，根本沒有時間尷尬。

「世暻啊，你、你的臉怎麼了？」

「跟誰打架了？」

在一群擔心崔世暻的同學中，有一個人不斷地來回打量著崔世暻和宋理獻，「啊……難道你們倆打架了？」

大家注意到宋理獻臉頰上那紅紅的印記，兩人同一天臉上帶傷，不禁讓人懷疑，但是崔世暻立刻否認了。

「沒有，昨天晚上我出門散步時，遇到了一個瘋子，他突然襲擊了我。」他說得如此斬釘截鐵，讓人不得不信。

金得八雖然不是瘋子，卻是施暴者，當他感到作賊心虛時，同學們對那個無預警攻擊崔世暻的瘋子感到恐懼，驚慌失措。

「天啊，你報警了嗎？沒抓到嗎？」

「還沒報警，昨天我也有還手，他就逃走了。」

「哇，這麼可怕，怎麼出門啊。」

「嗯，你們最近晚上暫時別出門。」

崔世暻憑空捏造了一個不存在的瘋子，讓班上同學陷入恐慌，他的演技如此逼真，甚至連施暴者金得八都差點被騙。

這小子應該去當演員，憑藉他的外貌和演技，主角似乎是他囊中之物。

此時，被同學們推到一邊的金得八，望著崔世暻的後腦杓，跟班上同學們說話的崔世暻，偷偷地回頭望了一眼，他們短暫地交換了眼神，崔世暻很快地回到自己座位。

「事情是在藥泉亭發生的，但聽說那裡的 CCTV 故障了。」面對著班上同學，但他這話顯然是對金得八說的。

他的意思是不用擔心，金得八摩擦著襯衫，搓揉著起了雞皮疙瘩的手臂。

真是個可怕的傢伙，金得八身為前黑幫成員，有檢查 CCTV 並避開的習慣，但崔世暻只是個普通高中生。

金得八特意選擇了人煙稀少、監控攝影機壞掉的藥泉亭，但崔世暻不同，他是被叫去那裡的，竟然在短時間內檢查了攝影機。

金得八改變了想法，那傢伙不是應該當演員，而是一定要當演員，如果他用那張臉和三寸不爛之舌去當政治家或騙子，絕對會把國家搞得亂七八糟。

那傢伙真像是狐狸和蟒蛇的混合體，金得八感到不悅，準備返回座位時，在附近躊躇的金妍智輕輕地抓住了他的衣袖。

「那個，理獻啊。」

「怎麼了？」金得八挑起了眉毛，像個小山丘。

平時愛講話的金妍智，為何在關心崔世暻的同學之中保持沉默，但從她那充滿淚水的眼睛中，可以看出她更擔心的是宋理巘，而不是崔世暻。

金妍智指著昨天被崔世暻打得通紅的臉頰問道：「你……和洪在民打架了嗎？」

金妍智問宋理巘的時候，那些原本擔心崔世暻的同學們，彷彿預料到這一幕，紛紛將目光投向宋理巘。

大家的眼睛特別閃亮，面對他們突如其來的感性，金得八感到陌生，退後了幾步，但每個人卻都帶著濕潤的眼睛緩緩走近。

「喔，喔喔……」金得八打架厲害，但不善於說謊，他不像崔世暻那樣能夠輕易地說謊，像是被按了暫停鍵的畫面靜止不動，最後僅能發出類似呻吟的肯定聲。

洪在民這個人容易對付，即使謊言被戳破，也有辦法善後，這時金得八才開始好奇洪在民的情況，於是觀察了周圍的同學們。

然而，班上沒有人擔心洪在民，不僅如此，他們表現出的共同敵意，這都是源自於洪在民平時行徑的報應。

昨天宋理巘離開之後，洪在民掙脫束縛，對班上的同學們狂噴髒話後隨即離去，那花錢也聽不到的國粹髒話，讓同學們一時間目瞪口呆，互相對望。

同學們不同情洪在民，但對宋理巘有同理心，洪在民長期欺負宋理巘，想報復也是理所當然的，相較於遭受到的校園暴力，宋理巘的行為反而顯得輕微。

但當同學們知道洪在民忘記了自己的欺凌行為，反倒挑起鬥爭時，憤怒地用昨天從洪在民口中聽到的惡言回擊他。

「真受不了，他憑什麼亂罵人？難道就他會罵人？」

「洪在民，那個瘋子。唉，昨天應該假裝阻止他，然後把他揍一頓。」

「老實說，他是自作自受，看看洪在民平時的所作所為，如果有人偷班費給我，我也會放進洪在民的背包裡，啊……」這話在當事人宋理巚面前是不大合適的，說話的男生也意識到自己失言，遮住了嘴巴。

那些剛才還一起批評洪在民的學生們，開始故意看地板或摸耳朵，裝作心不在焉，他們也無權指責洪在民，因為他們也是在宋理巚遭受校園暴力時，袖手旁觀。

在這尷尬的氛圍中，一名男生遲疑地發言：「但是，理巚啊……班費，真的……是你偷的嗎？」

只有宋理巚承認偷竊的自白，沒有任何直接或間接的證據。從洪在民的背包裡找到班費之前，宋理巚一直堅稱自己沒有偷，而當班費被找到之後，他的自白似乎也是在一時氣憤下說出的。

雖然不清楚宋理巚為何生氣，但同學們不至於愚蠢到分辨不出真假話。

正如同學們所猜測的，宋理巚既沒有否認也沒有承認。

他似乎難以回答，緊閉的嘴裡只能聽到吞嚥的聲音，那位男生急忙展開手掌，像雨刷那樣左右晃動說道：「不、不回答也可以，我們昨天已經說好不提這件事了，也不會告訴班導，錢已經找回，補充教材也買好了，我們只是想讓你知道，我們相信你沒偷，我想說的就是這個……」

大家隱約猜測，這次事件可能與宋理巚去年受到的校園暴力有關，雖然他們好奇具體的情況和真正偷班費的犯人，但對宋理巚感到抱歉，不敢直接詢問。

在宋理巚遭受校園暴力時袖手旁觀，現在班費被偷才來追問詳細情況，他們自己也認為這很卑鄙。

再者，最近他們和宋理巚變得親近，不想觸及他的創傷，和宋理巚一起玩很有趣，改變後的宋理巚性格爽朗，舉止有禮，踢球也很棒。

但越是開心地相處，他們就越對去年的冷漠對待，和辱罵宋理巚是同性戀而感到內疚，這讓他們無法完全開心。

當宋理巚未顯露出自己受到校園暴力的模樣，他們的愧疚感就像滾雪球般越滾越大。想道歉，對於沒有好好了解宋理巚就選擇袖手旁觀和說他壞話道歉。

一個男生一邊摳著手指甲的邊緣，一邊含糊地說道：「而且，就算你真的偷了，我也能理解，洪在民對你很壞，所以，理巚啊……我有話想說……那就是……」

當他只是猶豫不決，未能好好道歉時，一位女生走上前把他推開，真心地道了歉：「對不起。」

站出來道歉的人是申智秀，昨天她阻止了洪在民對別人的攻擊，給人留下了寬容的印象，當時表達意見時語氣堅定，現在道歉也是如此。她很清楚自信與無禮之間的差別，所以在向宋理巚道歉時，注意他的感受，眼中充滿了誠意。

「現在才說這些可能很無恥，但我還是想道歉。我很抱歉之前對你視而不見。」

——為什麼對話會變成這樣？

今早上學時，金得八還擔心自己被當成小偷，和班上同學的關係會惡化，現在卻有點摸不著頭緒。

他一邊搔頭，一邊感到困惑，最後還是尷尬地接受了申智秀的真誠道歉，「嗯……沒關係，那都是過去的事了。」

聽到宋理巚這樣說，那些原本在觀望的同學們也爭先恐後地道歉了，他們想要彌補因不愉快的情緒造成的裂痕，真心希望與宋理巚成為朋友。

「真的很對不起，理巚啊，以後你如果遇到困難，我一定會幫你的。」

「理巚啊，對不起。」

幾個感情特別豐富的同學差點哭了出來，這讓金得八感到尷尬，這種令人不自在的道歉，讓他覺得不舒服，但面對這些圍繞著他的同學們，他無法拒絕，只能像一臺故障的機器人接受他們的道歉。

「嗯嗯，好，謝謝。」

這世上哪有十幾歲的青少年，會跟道歉的朋友握手並拍拍他們的背，然而金得八大叔用自己的方式，擁抱那些真心道歉的同學。

難道這也是那傢伙算計的嗎？金得八帶著疑問，找到了崔世暻，他正被同學們推到一旁，當兩人的目光相遇，崔世暻不由得搖了搖頭，歪著頭的崔世暻，看起來像是在嘲笑那個感到尷尬的金得八。

他之所以接受同學們的道歉，是為了即將回來的宋理巚，同時也是為了實現自己一生的願望——在學校生活中全力以赴，和班上同學們和睦相處。

❧ ❧ ❧

朝會時間改為自習。

鄭恩彩安排學生們進行自習，然後帶著崔世暻離開教室了。雖然沒有老師監督，但由於大家都意識到了情況的嚴重性，所以教室裡安靜得如同踩在薄冰上。

「喂，我看到外面有警車來了，情況好像真的很嚴重，所有的老師都在教務處。」一個特地跑去教務處旁上廁所的學生，回來後跟他的同桌說話，正在解題本的金得八豎起了耳朵。

崔明賢打了電話給學校，這名學生被師長寄予厚望，如今他卻被打得鼻青臉腫地來上學，教務處立刻亮起了紅燈，畢竟是暴力事件，警方介入是理所當然的。

早知道就控制一下力道……

並不是特別擔心之後會發生什麼事，他有把握不會被發現，而且崔世暻似乎也不會泄露他們之間的事，金得八擔心的是崔世暻那腫脹的臉。

那傢伙只有外表看起來強壯，昨天看他打架，連出拳都不怎麼樣，不過心裡似乎挺軟弱的……

金得八轉過頭看向崔世暻的座位，靠窗的空位旁，窗簾正隨風飄動。

以後得教他打拳了，免得他到處被打。

期中考快來了，金得八一邊用鉛筆搔著頭，一邊看完了手中的題本。

「期中考剩沒幾天了，大家要好好準備！只要努力，就會有好結果的，所以大家要堅持到底喔。」班導鄭恩彩用鼓勵的話結束了班會，她收拾著點名簿，目光搜尋著崔世暻，上午外出去醫院處理傷口的崔世暻，回來時臉頰貼著紗布，她看到對方這副模樣，有點不大高興。

「世暻，過來一下，老師想和你聊聊。」

坐在講臺前面的金得八，抓住了經過他旁邊的崔世暻，他臉上的瘀青比上午還要嚴重，金得八感到良心的責備，便拉住了他的背包。

「喂，背包給我，我幫你帶到自修室。」金得八打算幫崔世暻拿背包，好讓他能直接去吃晚餐，再去自修室，但崔世暻卻發出了一聲「啊」的驚嘆聲。

「我不參加晚自習。」

「喔……是嗎？為什麼？」對於突如其來的情況，金得八猶豫了一下才問原因。

臉頰腫得厲害的崔世暻笑得很開心，看上去心情很好，「既然已經決定要等了，就不會再做勉強自己的事了。」

金得八很快就明白了，崔世暻為了等待某人，之前一直勉強自己參加晚自習，畢竟崔世暻在自修室裡，就連筆掉地和咳嗽聲也會讓他皺眉，儘管沒有明說，但好像也承受了很大的壓力，金得八也就沒有再勉強他了。

然而，崔世暻似乎有些遺憾，提出了另一個提議：「你想不想跟我一起，我們去別的

地方唸書？」

「算了，有必要一直黏在一起嗎？」雖然和崔世暻一起唸書的確讓他更能集中，但又不是女生們，沒有必要老是黏在一起。不管在哪裡，盡力就好，地點並不重要，在各自的位置上努力，互相鼓勵就行了。

「一直輔導我學習，辛苦你了，各自繼續努力吧。」金得八爽快地拒絕了，但這種爽快感並沒有持續太久。

幾週後，期中考成績公布的那天，金得八在拿到成績單時陷入了恐慌。

終於到了大家期待的期中考成績單發放日，班上的學生們三三兩兩聚集著，互相確認彼此的排名。有的感嘆考砸了，有的高興考得好，還有的擔心影響了平均在校成績……反應五花八門，但整體考試成績尚可，氛圍算是平和，只有金得八緊握著皺巴巴的成績單，處於震驚之中，雙手不停顫抖。

這時，金妍智和她的朋友們走了過來。

「理獻啊，考得好嗎？」

「應該考得很好吧？理獻可是非常用功的。」

「這次考試挺簡單的，大家都考得很好，所以排名沒怎麼變，但平均分數提高了，這是好事。理獻，你的平均分多少？你不是說要保持冷靜，所以沒有提前計算分數。」

「理獻啊？你說話呀？」

女孩們興奮地喋喋不休，但金得八卻一句話也說不出來，他無法相信這個現實。

這成績簡直難以置信，如果說沒讀書還說得過去，但一直到深夜還流著鼻血做考古題，把記憶科目背得滾瓜爛熟……不，究竟，為什麼、為什麼……

金得八懷疑自己的眼睛，他揉了揉眼睛，甚至閉上再睜開，但成績單仍舊沒變。

24 ／ 27

300 ／ 340

成績單上列出了班上排名和全校排名，班上排名幾乎墊底，這實在讓人感到絕望。

❦ ❦ ❦

鳥鳴聲在清晨迴盪，金得八按照慣例跑完晨跑，正走在回家的路上。雖然那些高牆環繞的小巷曾令他迷路，但現在他已經習慣了，甚至還學會了走捷徑。

「呼、呼……」

在等待大門打開的時候，他用手腕上的護腕擦去了額頭上的汗水。從藥泉亭回來的路上，他一直保持著穩定的跑速，不僅額頭，連背上也濕透了，胸口劇烈地起伏著。當他進入家中時，客廳裡坐著一位客人。

身形嬌小、頭髮挽起的正是祕書李美京，她通常不會來這裡，除非是要監督會長的情婦，以免她做出任何不理智的行為。但不知為何，她一大早就坐在客廳裡喝茶。

金得八裝作沒看見她，穿過客廳直接走了過去。

「見到長輩也不問好啊。」李美京放下了茶杯。

如果按年齡計算，金得八的靈魂是個成年人，但他的身體卻是宋理獻，這讓他感到有

些遺憾。

「坐。」

看來李美京是來找宋理巘，而非宋敏書。

金得八雖然不大願意，但還是坐在她對面的沙發上。在廚房裡來回踱步、坐立不安的瑞山大嬸，一看到他們目光相交，就快速地端來了茶。

「我媽呢？」

「夫人在房裡睡覺。」

宋理巘點頭表示他知道了，隨即張開雙腿坐下，身體靠在沙發上。這時，李美京的眉頭輕輕皺了一下。

「坐正。」

「我坐正了。」

李美京希望看到的是一個氣餒、畏縮的宋理巘，但可惜的是，金得八沒有打算迎合她，對她使用敬語，已經是大度的表現。

李美京不過是會長的手下，他沒有理由屈服於她。

即使李美京皺起眉頭瞪視，宋理巘也沒有改變姿勢，她只能無奈地帶著焦躁，翻找自己的包包。

金得八起初擔心她拿出的可能是期中考成績單，當看到桌上掉下來的是信用卡帳單，便鬆了一口氣。

「學生為什麼花這麼多錢。」

金得八拿起帳單檢查，福利社、福利社、咖啡廳、福利社、咖啡廳、百貨公司、福利社、書店……大部分的支出是在福利社購買零食。

但原本的宋理巘幾乎不使用信用卡，而金得八在百貨公司購買了名牌包包和錢包……等私人物品，導致信用卡費在這幾個月內飆升。

李美京關注的不是金額，而是信用卡費的增長，但這對金得八來說並不重要。

他在心裡嘀咕，會長難道連這麼點錢都沒有嗎？

「至少得很有錢吧。」

「什麼？」李美京敏銳地聽到了那細微的聲音，目光變得銳利，立即反問。

金得八則將帳單明細扔到了桌子中央，「不是嗎？要隱藏私生子，並讓他活下去，至少得很有錢吧。」

金得八在黑幫時期從事非法活動，也賺了不少錢，有地下情婦的會長肯定不會缺錢，這個念頭讓金得八挑起了眉毛。

「不會是打算只用這一棟房子，就來堵我的嘴吧？」一番看似不可能的話，讓李美京感到困窘，避開了視線。

對金得八來說，這不足為奇，於是他做出了宣告：「請轉告會長，麻煩他支付我宋理巘的大學學費和零用錢，並在交通便利的地方準備一間公寓。」

這正好是宋理巘靈魂回來後，能夠過上舒適生活的財產。然而，忠心於會長的李美京，不願給那依附會長生活的母子一分錢，所以她發怒了：「靠會長的錢生活，還不懂得感恩，這是什麼壞習慣啊！」

「都打過砲，爽過了，現在卻裝模作樣。」

「什麼？」李美京不敢相信自己的耳朵。

宋理巘則笑著嘲諷：「不是嗎？孩子會自己生出來嗎？有一半是會長貢獻的，他應該要感激我們過得像死老鼠一樣安靜吧。」

乳臭未乾的小屁孩張開雙腿，靠在沙發上嘲笑，這讓李美京感到很羞恥。

「看來你們最擔心的，是別人知道我是會長的孩子，那麼按照規矩，你們至少應該給我充足的錢吧。」

「看來只有凍結你的信用卡，你才會清醒！」

「您想要叫記者來當場做親子鑑定嗎？」

他那英俊臉龐上的微笑瞬間消失，就像被漂白劑洗去一樣，他很討厭那種總是為錢煩惱的生活，宋理巘發出了警告，防止李美京要花招。

「我再警告妳一次，如果妳讓我的生活變得不便，那下次我們會在報紙的社會版見面，會長一定會對妳為了這點小錢所做的事感到高興。」

每次提及會長，李美京的反應總是很激動，所以特意以會長作為話題來試探，果不其然，李美京無法輕率回應。

都說到這份上了，應該聽懂了吧！金得八沒有徵求同意便站了起來，因為無意義的會面浪費了時間，讓他上學準備變得匆忙，在趕往二樓時他突然想起了什麼，便做出了通知：「還有，下次來的時候先聯絡一下，不要突然就闖進別人家，一大早就看到妳的臉真的很不舒服。」

「你這個傢伙，竟然不懂得感激我對你的養育之恩。」為了會長一直在壓抑怒火的李美京，最終忍無可忍，憤然起身指責。

金得八看著李美京，本來以為她在說廢話，但聽到她堅稱自己有養育之恩時，他忍不住冷笑。

——養育之恩，屁啦？扔張信用卡，然後置之不理，那是虐待，不是撫養。

連只在高中見過他兩年的崔世暻，都注意到宋理巘改變了，但與他相處一輩子的李美京，就算在他住院期間，也沒有察覺到任何異樣，只急著想對他發火。

金得八把頭抬高，粗魯地撥弄著被汗水浸濕的頭髮，看來這個脾氣惡劣的女人，無法接受吵不過別人的事實。

「是啊，該報恩了。報答養育之恩……」金得八抬起下巴，閉上眼睛沉思，突然靈光一閃，眼睛閃爍著狡黠的光芒，快速睜開，「讓妳坐上我母親的位子嗎？」

李美京的臉色變得冷峻。

「什麼？」

「妳愛著會長，對吧？不能成為正室，至少也該爭個情人的位置，這不就是妳留在這裡的原因嗎？」宋理巘作為會長的兒子，擁有與會長一樣的眼神，「決定好了，就告訴我，養育之恩是要報的，我支持妳那骯髒的愛情。」

深愛著會長的李美京，被長得像會長的宋理巘用那樣的眼神嚴厲指責，在宋理巘上二樓消失後，留下李美京抓著顫抖的雙腿，緩緩坐下。

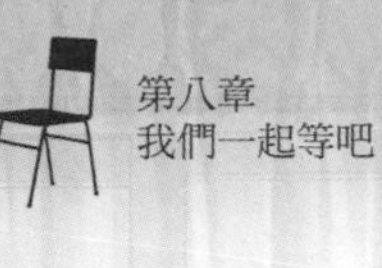

期中考成績單出來之後，高三學生開始進行升學就業諮詢。下午的課程改成自習課，學生們按照學號順序與班導進行諮詢。

「宋理獻，換你去了。」結束諮詢的十一號男生回到教室時，呼叫下一位十二號的宋理獻過去。金得八在離開時，留意到十一號男生的臉色，諮詢似乎不大順利，他的表情變得很凝重。

走到走廊盡頭，打開諮詢室的門，坐在圓形桌旁的鄭恩彩迎接了他。

「理獻來了啊，坐吧。」

金得八恭敬地坐下，雙手疊放在膝上，當鄭恩彩拿出宋理獻的學生記錄和這次期中考的成績單時，他的態度像極了罪人，他覺得把臀部完全靠在椅子上有點不妥，因此繃緊著他的臀部。

鄭恩彩開口時，語氣柔和，以免給學生帶來壓力，「這次期中考的成績掉了很多，你很難過吧。」

「是……」

「老師還是覺得理獻你很了不起。寒假期間發生了大事，還能堅持上學，和同學們也相處得很好。老師之前還很擔心，但你現在人緣很好，其實人際關係比學習困難多了，至於成績方面，只要努力學習，就會逐漸進步的，對吧？」

「是……」金得八從未有過提高成績的經驗，無法感同身受，但出於對老師的尊敬，他還是恭敬地表示同意。

「和在民相處得還好吧？」鄭恩彩小心地開始了她想談的話題。

學期開始的第一天，宋理巘在和洪在民那伙人的衝突中獲勝，因此鄭恩彩決定暫時不調班。她想觀察宋理巘努力改變的過程，認為即使稍後換班也不遲，如果宋理巘展現出改變的跡象，那麼支持和尊重他的意願，比從外部介入解決問題更好。

事實上，鄭恩彩知道洪在民無法欺負宋理巘，她經常去班上查看他們的相處情況，也向其他科目的老師和班級學生詢問他們的狀況。

根據她所觀察和聽到的情況，宋理巘學校生活適應得很好，他最好的朋友是副班長金妍智，而且午休時間從窗戶看出去，常可以看到他和班上的同學一起踢足球。

然而，這和直接從本人口中聽到他們相處得很好是不同的。

當她詢問宋理巘時，他以一副每天都過得很愉快的明朗聲音回答：「對，我和在民相處得很好。」

被誤會為班費小偷的洪在民，幾天後才回到學校，他踢翻了自己的課桌，使教室的氣氛變得很差，然後他被進教室的宋理巘從後面打了一拳。

從那時起，每當洪在民展現出惡劣的態度，宋理巘就會拿著掃把追打他……這開啟了洪在民的苦難時代，也帶來了教室的和平。

在圓滿解決了學生間的相處問題後，鄭恩彩轉移到了另一個問題上。

「能告訴我，你父母的聯絡方式嗎？學期初我見過你的監護人，但她好像很忙。我想親自和你的父母通話。」

雖然現在看起來和同學相處得很好，但過去兩年校園暴力被忽視的情況並非小事，可能存在其他根本性的問題，所以鄭恩彩想要進行一次認真的諮詢。她想和真正關心宋理巘，並在需要時可以採取法律行動的人交談，也就是宋理巘的父母，而不是像李美京那樣不負責任的監護人。

鄭恩彩懷疑李美京虐待宋理巘，因為這是個敏感的話題，所以她無法直接說出來。

然而，不管鄭恩彩如何努力尋找，都找不到宋理巘親生父母的聯絡方式。宋理巘似乎也感到困擾，不停地用舌頭舔嘴唇。

「啊，我父母嗎……那個，我爸爸不在了。」

戶籍似乎是登記在宋敏書那邊，而且會長似乎想要隱藏宋理巘的存在，所以說父親不在是正確的，金得八自行接受了這個結論，點了點頭。

「因為我母親酒精成癮……」

啪嗒——鄭恩彩的筆從手中滑落。

金得八對宋敏書有酒精成癮沒有太大的反應，但鄭恩彩則完全不同，當她聽到宋理巘的家庭環境時，眼睛劇烈震動，開始焦急地摩擦著自己的手，她努力不讓自己露出驚慌的樣子，但嘴角卻在顫抖，「原來如此，理巘在心理上一定受了不少苦。」

「沒關係，大家都是這樣生活的。」與他過去的幫派生活相比，這樣的家庭問題簡直是好運。

另一方面，鄭恩彩感到非常欣慰，以致眼眶都紅了，校園暴力對他來說，已經夠艱難的了，但他仍堅強地面對家庭問題，不只是克服了極端的選擇，還自己戰勝了霸凌。

她感謝他戰勝了創傷，並且和班上同學友好相處。

為了準確掌握宋理獻的家庭環境，她提出了一連串的問題：「那你的學費和日常開銷是怎麼解決的呢？」

如果父親不在，母親又有酒精成癮的問題，這意味著家裡沒有人賺錢，但據鄭恩彩所知，宋理獻家裡很有錢，雖然不清楚具體情況，但是自稱宋理獻監護人的李美京手提著名牌包，還有學生們提到宋理獻是福利社的VIP，都可以看出他的家庭經濟狀況。

「啊，那個……」當宋理獻顯得困擾，話語開始含糊不清時，鄭恩彩的心沉了下來。金得八沒有注意到鄭恩彩的情緒變化，只是撓了撓臉頰，今天早上的事讓他心煩意亂，現在一提到錢的問題，金得八也無法給出明確的回答。

「娘家那邊有點錢，所以之前沒有財務上的問題，但是現在出了一點問題，可能會影響到經濟支援……」

因為激怒了李美京，她可能會凍結信用卡。

雖然金得八也不會坐以待斃，但如果卡被停了，困擾的會是自己這邊，原本只是打算稍微激怒她，但誰讓她提到養育之恩，讓人火冒三丈。

金得八從瑞山大嬸那裡得知，李美京愛慕會長，這才明白李美京為何對宋理獻表現出蔑視、對宋敏書厭惡，卻還是持續拜訪，為她送酒，這是對占據了會長情人位置的宋敏書的嫉妒。

早該察覺到了，從她每次提到會長，就像崇拜邪教教主一樣。

鄭恩彩擔心宋理獻會遭遇更多不幸，於是她開始尋找其他的監護人。

「那之前來過的那位監護人？是她在幫忙嗎？」

「您在說什麼？那個人和我沒關係。」

金得八根本不想和李美京那種人扯上關係，她不過是幫那個有正室又有情人的變態會長收拾爛攤子的人。鄭恩彩臉色變得蒼白，金得八擔心自己表現得太嚴肅，試圖用言語安撫她：「請不用擔心，天無絕人之路。」

如果真的不行，就去找會長要錢就好了，順便看看是否能把房產過戶到自己的名下，或者有沒有能轉讓的大樓，金得八擬定了一個接近財閥的計劃。

然而，在普通人鄭恩彩的腦中，浮現的是一位獨自照顧酒精成癮母親的少年的景象。

「那就好，希望問題能夠順利解決，如果有困難，一定要告訴我，老師會盡力幫助你的。如果家裡經濟困難，還有許多獎學金可以申請。」鄭恩彩拉過宋理巘的手緊緊握住，充滿熱忱的新手老師的決心，正在熊熊燃燒。

沒有因為成績而責罵他，這位年輕女子真是心地善良，原本擔心成績下滑會受到責備的金得八，在安然度過難關後，高興地握手。

就在金得八放下戒心的那一刻，鄭恩彩突然提出了一個問題。

「對了，理巘，你的夢想是什麼？」

（未完待續）

i小說 063

High School Return of A Gangster -1-

【黑幫變成高中生】

國家圖書館出版品預行編目（CIP）資料

黑幫變成高中生. 1– High school return of a gangster / 호롤著 ; 芙蘿拉譯. -- 初版. -- 臺北市 : 愛呦文創有限公司, 2024.03
面 ; 公分. -- (i小說 ; 63)
譯自 : 조폭인 내가 고등학생이 되었습니다 (High school return of a gangster)
ISBN 978-626-98197-0-6 (第1冊;平裝)

862.57　　112021810

愛呦文創

原書書名　조폭인 내가 고등학생이 되었습니다（High School Return of A Gangster）
作　　者　호롤 (horol)
譯　　者　芙蘿拉
封面繪圖　九月紫
Q 圖繪圖　60
責任編輯　高章敏
特約編輯　羅婷婷
文字校對　劉綺文
版　　權　Yuvia Hsiang
行銷企劃　羅婷婷

發 行 人　高章敏
出　　版　愛呦文創有限公司
地　　址　10691台北市忠孝東路四段59號10-2樓
電　　話　（886）2-25287229
郵電信箱　iyao.service@gmail.com
愛呦粉絲團　https://www.facebook.com/iyao.book

總 經 銷　聯合發行股份有限公司
電　　話　（886）2-29178022
地　　址　231新北市新店區寶橋路235巷6弄6號2樓

美術設計　張雅涵
內頁排版　陳佩君
印　　刷　沐春行銷創意有限公司
初版一刷　2024年3月
初版二刷　2024年7月
定　　價　340元
I S B N　978-626-98197-0-6